情味‧香港

陳志堅　殷培基　編

匯智出版

責任編輯：羅國洪
封面設計：洪清淇

書名：情味．香港
編者：陳志堅、殷培基
出版：匯智出版有限公司
香港九龍尖沙咀赫德道二A
首邦行八樓八〇三室
電話：二三九〇〇六〇五
傳真：二一四二三一六一
網址：http://www.ip.com.hk
發行：香港聯合書刊物流有限公司
香港新界大埔汀麗路三十六號
中華商務印刷大廈三字樓
電話：二一五〇二一〇〇
傳真：二四〇七三〇六二
印刷：陽光（彩美）印刷有限公司
版次：二〇一八年六月初版
二〇一八年十月修訂再版
二〇二〇年六月第三版
國際書號：978-988-78403-9-8

不負丹青不感白頭——序《情味·香港》

潘步釗

寫作，是紅男綠女花間月下的愛情，人人都有享受的自由，不管年齡樣貌身材性別職業，只要喜歡，廣東人說的，你理得我吖！古今中外，作家身影既藏在翰林館閣，也隱見於荒村野店，好作品，沒有誰說了算的認證。吟人都道江南好，江南人卻天涯老，就因為這樣，萬張臉孔千般心事，寫作，人人得而樂之。

寫作，是英雄名將走馬沙場的意氣，管你千里走單騎，還是八千子弟兵，怎樣憑着自己的志氣和戰意，在滾滾紛紛的一片中，找到自己和同路人的奮戰痕跡。有日我過五關斬六將，或者落得烏江自刎，我的青龍烏騅都一樣響亮懾人。英雄名將還是執戟小卒，戰爭的意義和無意義，大家不一定要關心。

寫作，是上廳行首士女班頭的妝樓，簾幕深深，欄杆寂靜處有多言的鸚鵡，卻也一樣永遠有窗前相伴的如水夜涼。誰家今夜扁舟子？何處相思明月樓？我們淪落風塵，王孫繫馬也不過是觀察聯想的倒影，生活縱有萬千的顛簸倉皇，同樣更有可敬的自重與堅持。文字，畫出心聲幽懷，哪裏的深巷小樓，都一樣。

我從來不愛高言教育如何神聖，擔水做飯，織蓆文章，處處皆是道，這年代「貼地離地」街談巷説，卻不知咫尺天涯，看山看水原來沒有分別。步下神壇，有愛有熱情有關懷，才有教育；不要説得太響亮，連自己也感到荒涼。教育的具體工作只是器皿，是形式，形式可以影響內容，卻不能取代內容。我們不會為了一隻酒杯而思念威士忌，除了盛載和倒出，形式裏深藏甚麼才最重要。春風過處，能夠酒逢知己，酒興更濃，便很好！

我平生與寫作和教育廝磨，為三十位老師的散文合集作序，正是酒逢知己的相遇。我敬重的是一群熱愛文字和教育的老師，一個概念、一種堅持和一次歷程。三十篇文章，有懷遠念舊、寫景思人，也有反思個人成長、當前教育和社會的種種，題材廣泛而不乏深情。書名《情味．香港》，作者讀者各有心事，卻一樣關情。細讀書後三十位作者的簡介，發覺年齡和教齡分佈相差不小，不過正可證明文字抒情，原無疆界領域條款須知可言，存乎一心，還是要說那一句：你理得我吖！書中作者有與我相識多年，或者並肩共事，也有不少已在文壇成名、屢獲獎項的朋友。任何事情的興盛與可觀，總在大家的興致與用心，春來新綠高高懸在枝頭，自在煥發，用不着介懷有多少冒失唐突的遊人在下面經過。新知舊雨，在教育和寫作的平台相遇，以文字交流互勉，不負丹青，不感白頭，就是最難得的美好風光。

一九八八年九月，我在浸會中文系畢業後到一所小學任教，開始教學生涯，原來於今剛好三十年。「東山三十載，書劍老風塵」，近年看到教育界優秀的年青語文教育同工輩出，欣慰歡喜。投身教育工作三十年之際，能為三十位有志的同工散文合集作序，厚顏寫上一兩句話，於同道好友，於我的教育生涯，是巧合，更是緣分。謹共勉！

目錄

晾衣竹‧士多‧下午校

方麗霞

石梨貝，又稱石籬，在葵涌的某一個地方，那裏踏滿了我孩提時代的足跡，那時的步履雖然輕盈，但用那麼一雙小腳來走，路，卻顯得相當漫長。現在回首，也不曉得當時的一雙小腳是怎樣變成今天的模樣。

偶然一次，在互聯網搜尋昔日石籬的畫面，童年記憶紛至沓來，無論是那些我希望永遠保存的記憶，還是那些我不堪回首的印象，一時間蜂擁襲來。原來只要發生過，那些藏在腦海深處的畫面，那些記憶中的碎片，都會趁你不注意時掠過，不論你願意與否，你都無法閃躲。

在那個時候，留給我最深刻印象的，是那些橫伸出來的晾衣竹。家家戶戶在那狹窄的窗外，總有三個圓孔，用以放置晾衣竹。那些七彩斑斕的衣服在晾衣竹子上隨風飄揚，煞是好看。無論是在家中的窗戶看出去，無論是在平地仰頭看上去，衣袖和褲管總是整齊有致地穿在晾衣竹上。晾衣竹伸得很長，很長，瘦弱的竹子掛滿一家大小的衣裳。我愛看那些時而被風吹向左、時而被風吹向上的衣服，也愛看那些在竹子上駐足停歇的麻雀，尤其在陽光明麗、涼風清勁的早晨。當時的我並沒有考慮過如果風太大了，晾衣竹會否承受不起重量，往街上墜落。危險不危險，不會是我關心的範疇；好看不好看，才是我關心的問題。母親晾曬衣服的手勢總吸引我的目光，把掛滿衣服的竹子插在窗外圓孔上是個高難度動作，把它從窗外收回家中也是個驚險的過程，但母親總是顯得那樣收放自如，從容不迫，是因為那時的她依然年輕的緣故嗎？現在想來，原來每次的曬晾也足夠叫人捏一把汗，只是這對當時的我來說，是一場精彩的表演。當我想起這些亮麗的畫面，就不時讓我憶起童年的快樂。

八十年代的屋邨，地面有許多不同的地舖，不管你是想找糧油雜貨、跌打醫館、冰室茶記、製木工場、五金店舖，都能找到。但當時的我，最愛流連的自然是放滿零嘴和汽水的士多。我喜歡那隻窩在士多裏的慵懶花貓，牠不會理會任何人，不管你在哪個時候光顧士多，都只見牠在優哉游哉的睡覺，任憑士多裏的麻將聲如何吵耳，牠依然睡得安穩。我很多時候都想摸摸牠的頭，又怕吵醒牠香甜的夢。

當時的我只有四、五歲，但我已經知道我是那麼心急的一個人。我急着長高，我急着長大，我以為只要我長高，只要我長大，那麼我就不用踮起腳尖，不用把頭抬得老高，我就可以把夾在曬衣夾上的珍珍薯片、嘉頓餅乾和時興隆魷魚絲輕易弄到手上，不求大人的幫忙，那個架着老花鏡的士多胖老闆便不會再搶去我手上的枝裝可樂，把樽口塞在鋼造冰櫃的開瓶器上替我弄開蓋掩，我可以憑自己的能力把蓋掩弄開，然後聽着蓋掩匡啷跌在冰櫃底的清脆聲音。如果那時已經長得夠大了，我就可以逕自把買來的可樂倒在透明的膠袋裏，然後用橡皮圈把袋口繫好，再插上飲管，瀟瀟灑灑地吸啜着離開。我以為長大以後就可以享受更多自主帶來的快樂，可那時候的我，並沒有想過，長大以後，我再也不愛喝可口可樂了，而那個附設開瓶器的鋼造冰櫃，也幾近銷聲匿跡，現在也不會再有人把汽水倒在透明的膠袋裏。

沿着士多店外的粉紅色行人天橋，一路向下走，就到達我所唸的小學。我記得在那時候，無論是炎夏還是隆冬，我們上課前都需要在「雪屐場」集隊。下雨天呢，就穿上黃色或透明的雨衣，像一群小鴨般列隊進校。同窗們都背着個大書包，書本、文具、牧童笛、畫筆、素描簿和水壺通通塞在裏面，背包雖重，但我們總能一口氣從雪屐場走上五樓的課室，沿途吱吱喳喳，看見老師時才會稍為收斂一下。在那個時候，大部分小學都是半日制，我所唸的是下午校，同學們大多都吃飽午飯才回校上課，然而到了小息，饞嘴的小鴨都會湧到小賣部買零食。紫菜、戒指糖、爆炸糖、眼鏡朱古力、欣欣杯、維他汽水等等數之不盡，琳瑯滿目，不過一元五毛，就能買到心頭好，雖不能裹腹，卻惹人垂涎。拿着一包二包薯片蝦條的同學，喜歡走到露天的地方和同學玩猜皇帝跳大繩跳飛機，我通常都沒有參與其中，但我喜歡坐在一旁看同窗的笑靨。風紀和糾察會在四周巡邏，監察有沒有同學違規亂跑，被逮個正着的就要被罰，在禮堂的台前罰站，直至小息結束。可是，當然有些違規的同學沒有被罰，也許是因為他們是風紀糾察的好朋友，也許是因為他們聰明得很，懂得避過耳目。轉眼就經過十五、二十分鐘，小息就完結了，鐘聲一響，所有人都要定格，不許再走動，不許再談話，直至老師宣佈哪個級別的學生可以排隊上課室，雙腳才能如重新注入能量般可以重新挪動。我們當時就覺得這個場面可笑，不過沒有人會問為甚麼，我們只會順從老師的命令，乖乖聽話。如今看來，比這場面更可笑的其實還有許多許多，只是，我仍然沒有發問：「為甚麼？」

每日到了下午五時，放學鐘聲響起，小鴨又背着書包在日落以前飛奔回家看卡通了。日復一日，時間就在我們趕往學校和趕回家中的過程裏悄悄溜走，童年也寂靜無聲地離開了。如今，我已搬離了這個盛滿我兒時記憶的地方，過去的事就由它永遠過去了。如果你問我，我想重新度過一個童年麼，我想重新回到那裏再次經歷種種歡快與童趣麼？我無法回答這個問題，因為我知道、我明白、我曉得，藏在回憶裏的，除了笑聲，還有眼淚。

我從前所住的大廈被清拆了，我所就讀的小學校舍搬遷了，昔日背着大背包的同窗也長大了。你無法挽留逝去的時光，也無法指定要誰為你定格，可是無須過分感傷，變遷本來就是這樣自然的一件事。那段純淨的歲月，就讓它與那些熱狗巴士和紅色郵筒，一同留在從前吧。

雲吞米

王文翔

我不是孤獨的美食家，但卻願意盡力做一個獨沽一味的食家，矢志食盡十八區的「雲吞米」。

為甚麼是「雲吞米」？

「食完早餐就要上學啦！不要遲到呀！」媽媽的聲音從廚房傳出來，熱氣騰騰的豬肉葱花東莞米粉就這樣擱在小摺枱上，香氣瀰漫着整間公屋；碰巧出現的魚片和魚蛋固然令人垂涎，但偶然出現的自家製雲吞才令人難以忘懷——薄薄的雲吞皮包着滿滿的、由鮮蝦豬肉與蛋漿拌合而成的餡料，加上媽媽的愛就是天下間最無價的美食！小時家貧，一家五口很少上館子；為了滿足我這個小饞嘴，心靈手巧的媽媽便不斷研究如何用最簡單最便宜的食材炮製成人間美食去滿足我——其實只要是媽媽的出品，在我眼中已是質量的最佳保證了；但如果加上美味的雲吞，這碗米粉簡直就是人間極品！

媽媽自幼失學，更因為生活而被迫離鄉別井和家人去到金邊開拓新世界，卻又因為暴政而隻身當上過埠新娘嫁給我的爸爸；所以她的書本知識雖然不多，人生閱歷卻十分豐富！她常常說：「早餐好重要，一定要吃飽才有氣力讀書！」又說：「沒有『米氣』怎會飽？吃米粉才會飽呢！」所以我自少就愛上實而不華的米粉，飽餐一頓才撐着肚子上學去。

上了初中，開始進入自決的新階段，但卻往往因為年少氣盛容易失卻預算，阮囊羞澀的我只好挑便宜又飽肚的「雲吞米」做午餐！然而食盡街頭巷尾，還是覺得媽媽的最好：用料足、份量夠、味道好，而且任添任食不另收費，簡直就無懈可擊！媽媽為了讓我可以隨時享受，更會一有空便預先包好一大盤放在雪櫃的冰格裏備用；但每當我大快朵頤的時候，她一定會問：「為甚麼我要包雲吞給你吃呢？」我一定立刻乖巧地回答：「因為我是你的兒子！」她但笑不語，又為我添上最後一勺帶湯的雲吞米。

那個年頭的高中學生，除了課外活動外還要替人補習賺取生活費，然後自己再上補習班寓溫習於補習中，所以常常都無法回家吃晚飯；走到街上，還是找不到一碗像樣的雲吞米：便宜的不好吃，貴的吃不起，只好飢腸轆轆的回家央求媽媽替我煮一碗熱騰騰的雲吞米！而她總是不慌不忙的就給我弄好，但每當我大快朵頤的時候，她又會問：「為甚麼我要包雲吞給你吃呢？」我疲憊但仍然乖巧地回答：「因為我是你的兒子！」她滿足地笑，又為我添上最後一勺帶湯的雲吞米。

考上了大學入了宿舍，連家也經常回不了；媽媽為了解我的饞，便讓我把雲吞也一併帶回去，但我卻怎樣煮也煮不出那種味道！由中環吃到銅鑼灣，把那幾間店名實俱全的雲吞米都食遍了，卻又始終惦掛媽媽的味！所以一星期才回一次家，除了睡個飽還是要吃一碗雲吞米，才能心滿意足地離家再戰薄扶林！當我大快朵頤的時候，她仍然會問：「為甚麼我要包雲吞給你吃呢？」我趕忙但依舊乖巧地回答：「因為我是你的兒子！」她滿足地笑，又為我添上最後一勺帶湯的雲吞米。

「麻煩你雲吞米多葱腩汁加杯『茶走』。」我熟練地向侍應下單，侍應也熟練地頭也不回地離開，沒帶半點感情。儘管街頭巷尾的茶餐廳我都走遍，但依然吃不到媽媽的味道；儘管多葱腩汁加杯『茶走』可以填飽我的肚子，卻無法充實我的心靈；儘管顏色豐富了、味道濃郁了，但卻比不上媽媽那一碗清湯雲吞米——可惜的是，我再也無法重嘗媽媽那碗雲吞米的真味了……

我不願再做孤獨的美食家，所以經常帶着兒子食盡十八區的「雲吞米」。「為甚麼是『雲吞米』？」他問；我但笑不語，只為他添上最後一粒帶湯的雲吞。

氣球

呂永佳

很多年以後，我夢見課室裏排滿了整齊的桌椅，每張桌椅的方向都向着黑板，有一位老師，慢慢地為每一張椅子繫上一個又一個七彩繽紛的氣球。每個氣球裏都有一個夢想，夢想靜待升起，正要飄向世界的每一個角落。

小學的教科書很喜歡用這個比喻：同學們就像蜜蜂一樣勤奮。一大群蜜蜂本能地飛向同一個方向，沒有人質疑方向是對還是錯，總之跟隨着一大群蜜蜂飛向前。前面呢，前面就是有花蜜，花蜜是一些甚麼呢？金錢、理想工作、幸福家庭、名成利就。沒有人輕輕溫柔地問蜜蜂一聲：你為甚麼要飛？牠會答不知道，聰明的學生或許會問：你為甚麼要問這個問題？

「呼！」禿頭的副校長用木尺，一板打下去，那同學立刻哭起來。他扯着我同學的頭髮，大聲咆哮。同學犯了甚麼錯？他被副校長看到衝紅燈。我很驚怕，只是覺得他是神經失常的人，從此我害怕衝紅燈。小學老師教甚麼我都忘記了，我卻記得這一幕。很多年以後，我幻想自己走進課室，大聲地道：你們誰沒有衝紅燈的，擲第一塊石頭。副校長！你有沒有衝紅燈！有，還是沒有？他的目的達到了，卻同時留下烙印。

很多年後我明白，那些站在道德高地的人，遠看就不過是虛張聲勢的軀殼。只是我們靜靜地走回自己的座位，一群大學畢業的教師回到自己的座位。打開電腦，備課、匆匆完成自己的工作。出試卷、改簿，預備校長、科主任、家長或者教育局人員來觀課。他們不曾問為甚麼，只是想匆匆完成手上的工作，因為還要處理自己的私事。至於那些問題天天都多的學生呢？總有人可以處理的。社工？班主任？老師要解決甚麼問題呢？學生逃學？不願上學？家暴？自閉症？讀寫障礙？過度活躍症？數之不盡的標籤。可是哪一位成年人沒有焦慮症狀、沒有強迫症狀？社會要求老師是一個全能戰士，同時又是一個全能護士？老師退回自己的安樂窩，不少老師的家庭也是千瘡百孔的。老師看着時鐘，速速逃離那他們根本不能處理的世界。有些學童從高處跳下來了，惋惜的空氣不過持續幾分鐘？每個人跌回沉默裏，情緒的湖回復平靜，是因為每個人都要生活，要懂得撫平世界的摺痕？

我回想起一個鏡頭：整齊的課椅，盛載着希望，一雙又一雙的眼睛看着我，每雙眼睛都連上一個名字，每個名字背後都是父母的期望，更重要的是：他們只能活一遍。那每個課室、每所學校，你們所走的路，是對的嗎？如果走錯了，怎麼辦？

為甚麼孩子要唸對他人生完全沒有用的科目？要學他在生活上根本不會用到的知識呢？為甚麼有一個所謂客觀的評核考試，去把學生分為若干等級？我們的世界為甚麼充滿階級，愈多金錢彷彿更容易得到尊重。為甚麼受了多年教育的人，要做一份他根本不喜歡的工作？每當放假的時候，只求能睡一整天，睡醒以後，又要回到那工作上。回望這些人的童年，何嘗不曾抱着一個新的卡通書包，跑跑跳跳，幻想自己將來當醫生、當律師，然後有一架名貴房車、一所背山面海的大大的房子？直至夢醒了，才明白世界從來未動分毫。

如果每天都可以在草原上散步，打開窗可以看到遠處的雪山。或者開一家咖啡館，每天聽着喜歡的音樂，喫一杯茶，然後呢，入夜了，天空上沒有星星，也會有微涼的雨，緩慢的風。但這種生活不會在香港出現，因為從小到大，我們被灌輸一種關於競爭的價值觀，我們從小被教育：資源有限，要爭要搶。自私、涼薄，人不為己天誅地滅。不勤力，就是罪。無目的地坐在公園的長椅上，就是浪費時間。狹窄的心境，緊緊鎖死我們的目光。那麼那些不幸的孩子呢？就是社會的弱者。他們失敗、輕生，因為不夠堅強？真的是這樣嗎？只是說這些話的人，你是比較幸運而已。

很多年前，據說他要建一座橋，移去山地的執拗，水的波動。挖泥、吊運，移去稜角與雜石，封存所有反抗的聲音，鋪平一個彷彿是充滿希望的平坦地盤。還需要支撐，吊機架組裝，澆注混凝土，等待固定未建好的天橋，有無數空洞的部分，強風吹起帆布，黑夜寂靜無聲。鋼筋綁紮，從此橋的形態不會改變，施拉預力，橋面和樑板必須妥貼。最後就是紋理與裝飾，或者要加建一些不必要的綠化裝置。為了溝通與連接，一項天橋工程完成了，卻忘掉了在橋上看風景，才是建橋的初衷。

因為渺小，所以要堅強；因為要懂得堅強，更要明白隨時跌倒的可能。課室裏老師與學生對望的一剎，彼此明白，心酸眼明：要是你難過，我不會快樂。

我夢到這一幕：每個學生像蜜蜂，牠們親自用自己的蜂針，刺破老師的氣球，那在課室地上的，都是夢想的殘骸。

爸爸的電影

余國康

據說，人在臨終前，一切前塵往事，會像電影般飛快地在腦海上映，悲歡離合，剎那一生。不知幸或不幸，我有過兩次自忖必死、甚至有片刻誤以為自己已死的經歷，但這齣傳說中的「電影」，始終未有放映。當然，或許只是我時辰未到吧。

我還未「看」到自己當主角的那齣「電影」，但，三個月前，在毫無先兆的情況下，我卻「看」到了另一齣「作品」——當天我工作期間，忽然接到弟弟來電，他強裝的鎮定掩飾不了內心的氣急敗壞：兩、三小時前還氣定神閒安坐醫院病床、致電回家與母親閒聊的爸爸，身體狀況突然急轉直下，已到了垂危搶救的地步。

我慌忙乘的士趕往醫院。在車上，除了禱告和無甚作用的深呼吸，我無計可施。面對生死大限的高牆，衝不破、跨不過，人的軟弱無能，莫甚於此。就在這個時候，被囚於的士車廂後座的我，不由自主地「看」到了我和爸爸相處四十多年的片段——那不是我刻意組織的回憶，我當時更像一位被束縛在座位、身不由己的觀眾，任由銀幕上畫面自動浮現，作不了主。當時，大概就是爸爸在醫院彌留之際。「電影」的畫面，很鮮明。鮮明得殘酷。

爸爸生於香港重光後不久，當時社會百廢待興，加上年幼時父母離異，他沒有太多機會接受教育，那是時代的烙印。由於教育水平不高，多年來，爸爸大都從事賤賣勞力的工作，胼手胝足所得僅足餬口。每晚下班時分，他結實的身軀，時常拖着不協調的疲憊步伐回家；他草草吃飯、喝幾口廉價啤酒後，就會像資質魯鈍的學生備試一樣讀馬報、做筆記；奮戰不到幾回合，已經無心戀戰退回床上倒頭大睡。翌日晨光未露，城市還未甦醒，他已經在上班途中，周而復始，看似永無休止地重複昨天的人生，像一張不斷循環播放的陳舊唱片。我不知道，他會不會覺得這種生活艱苦和沉悶，但自我有記憶以來，我從未聽過爸爸抱怨過甚麼。

不知怎的，當時被囚禁在的士車廂的我，好像隱約聽到，累極了的爸爸慣常在夜半傳來的如雷鼻鼾。那熟悉的節奏，分毫不差。

年輕的我，可不是甚麼孝順的兒子。初中年代，成績表永遠「滿江紅」，午膳時間更會逃離校園，到當時流行、普遍被稱為「機舖」的電子遊戲機中心流連；家境困難的我當然沒錢進貢，純粹從旁觀戰取樂罷了。有一次，我如常逃往「機舖」，還計劃下午乾脆翹課；當我正打算推門進去的時候，有一種難以言喻的感覺讓我停下來、牽引我張望馬路的另一邊——我不知道這是不是父子間特殊的感應、靈魂的牽絆，我只能說，我確切感覺到，爸爸當時就在馬路的對面——沒錯，當時是傢俬公司貨車司機的爸爸，正汗流浹背地討生活。他如常地脱去上衣，本已壯碩的肌肉繃緊得像一尊銅像；他當時靠在貨車旁，嘗試用他的肩膊、承托同事正搬過來、一個較他個子還要高一點的書櫃。距離有點遠，我不肯定爸爸額角上的是汗珠還是綻起的青筋，但我卻彷彿聽到他咬緊牙關、從牙縫間擠出來的悶哼。

我回頭拔足就跑，一口氣直奔回校，中途還差一點被汽車撞倒。自此之後，我再也沒有在上學天到「機舖」流連。一次也沒有。

大概憤世嫉俗的才稱得上青年。考上大學的我，跟立場保守的爸爸，經常因時事政見相左而爭吵，最激烈的那一次還拍案對罵，要母親和哥哥在旁勸止。吵得面紅耳熱之際，爸爸有時會引用報章專欄文章內容反駁我，彷彿那些二手觀點都是金科玉律，當年自命知識分子的我，自然無名火起三千丈；後來因緣際會，我為了籌措學費，開始替某報撰寫一個小小的專欄，自此每逢「戰事」爆發，我總是自鳴得意地反駁爸爸：「人家寫的就對，你兒子寫的就不對？」爸爸總是為之語塞，讓我沾沾自喜。然而，他的立場，多年來始終如一，從未被我說服過半次。

這段筆耕生涯只維持了幾個月，我就迎來了人生首次被解僱的經歷。儘管我假裝輕描淡寫地應對，但家人當然知道面具下的真象，對此事諱莫如深、絕口不提。幾年後，我們搬家，執拾雜物期間，我無意間發現，原來爸爸一直剪存我每一篇文章，再按日期順序排好，整齊地放在一個空的鞋盒內，而那個盒子，一直放在他床邊，想必是方便自己閒來閱讀。這是我第一次面對自己的文章淚凝於睫，更羞愧得無地自容。

我與爸爸唯一一次相擁而哭，是在我的婚禮那一天。當晚婚宴散席、恭送賓客離開後，我還得執拾雜物、準備結帳；就在我忙得頭昏腦脹之際，爸爸忽然走過來，站在我的面前，雙手按在我的雙肩上。我已經忘了自己是哪一年開始身高超過爸爸，沒有留意爸爸的額上何時堆滿了皺紋，也沒有察覺按在我肩膊上的手，早已沒有昔日的氣力。爸爸激動地拍了又拍我的肩膊，似乎想說話，話兒卻總是出不了口。我知道他想說甚麼，但我也說不出話來，只能點頭、緊握他雙手作回應。他作了幾次深呼吸，好讓自己的說話盡量完整一點：「亞康……亞爸今日……真係……真係好開心……你成家立室，大個仔……亞爸……今日真係……好開心……」

我始終說不出話來，只能和他相擁而哭。

畫面並沒有定格在這一幕。更多更多的片段，一幕接一幕的持續閃現：我的女兒出生了，爸爸笑不合攏；當上爺爺的爸爸隨手拿打火機給未足歲的女兒把玩，被在旁監察的我薄責幾句；女兒順利升讀心儀的學校，爺爺高興得像小孩一樣拍掌……

畫面更迭的速度越來越快。剛到達醫院的我，狼狽地從的士車廂連爬帶滾的衝出來，拔足就跑，一口氣直奔病房。

我當時完全明瞭，這些閃現的畫面，是正在預示訊息。

不要。求求你，千萬不要。

我不知道自己正向誰求饒。

爸爸主演的電影，在我跨步衝上醫院樓梯時，已經悄悄播完最後一幕。那是爸爸臨終前一天，在病床上對我微笑那一幕。他說，會乖乖聽醫護人員的話，不亂跑，準時吃藥，好好休息。

我趕不上。爸爸走了。

一如蔣勳所說，人與人之間，不是生離，就是死別，沒有第三種結局。這道理，誰都清楚誰都懂，而且誰也跑不掉。然而，知道是一回事，親身經歷，又是另一回事。

我不知道，他日到我欣賞自己主演的「電影」時，會感到寬慰還是難捨，也不知道女兒會不會跟我一樣，異地同心地與父親一起走完這短暫的最後一程。我唯一肯定的，就只有爸爸對我的愛，和我對爸爸的愛，會長存我倆心中。

跑出香港情味

吳偉強

「跑得快，好世界」是多年前香港流行的一句俗語，這話多少有點市井味。然而，隨着近年全球長跑運動再度興起，香港人也不甘後人，跑出了一股潮流，甚至跑出了一種情味。

愈來愈嘉年華會化的香港馬拉松賽事，成為一年一度的盛事。我們常見一些缺乏訓練的人士胡亂奔馳，更有甚者不支倒地，造成悲劇。然而，撇下這種「趁墟」的心態，當我們看見一群少年人在大熱天時赤裸上身，揮汗如雨，在街上練跑。又或當我們看見一位年過七十的老人家，多年來參與長跑運動，在衝線一刻時臉帶笑容，身旁所有人為他鼓掌。我們除了欣賞少年人的青春火花和老人家的毅力外，有否想過到底有一股甚麼力量支持他們繼續跑下去，這種精神對我們有甚麼啟示？

多年前讀過一篇〈以畫為喻〉，談的是以繪畫比喻寫作。現在我想以跑步為喻，說明學習、做人、做事應秉持的態度。

為甚麼要跑？

日本作家村上春樹既是作家也是跑者，近年還投入三項鐵人訓練。他的事業是一位作家，但他認為跑步和寫作都是講求生活紀律和生活節奏的科目，實在有很多共同之處，而且兩者也有不少互補之處。

跑步，尤其是長跑，是一種運動訓練，透過運動訓練令個人的體能和意志都有所提升。這種運動並不是一味追求速度，它更重視一種心態，要求保持心境平靜，不徐不疾，保持一貫速度完成跑程或賽事。對於一貫追求速度和速效的香港人來說，並不是易捱的運動。

其實跑步是一項非常簡單的運動，初學者只要有一件汗衫，以及一雙普通的跑鞋，便可起步。跑的路線也非常簡單，無論在家居附近、在街上、在單車路上、在行人路上都可以展開你的跑步旅程。只要你想跑，並沒有所謂的晨跑或晚跑，甚麼時間都好，只要你肯跑，對你的身體健康必然是好的。然而，萬事起頭難，跑步自然也是。

剛才不是說跑步是一項最容易的運動嗎?當然，跑步的過程既容易又艱辛的，尤其開始的時候，即是我們一般理解為熱身階段，便是最辛苦的時期，通常我們都在跑步的首十分鐘，感到身體在適應跑步的狀態和節奏，所以在首十分鐘，初學者更不宜放棄，因為捱過這熱身期，當身體適應了跑步的節奏後，順境就在後頭。

「跑」是人類的本能，但各人的體質不同，參與跑步運動的目的不同，所以速度因人而異，進步的速度也因人而異。我們決不可受運動節目和廣告迷惑，以為經過訓練後，都會身輕如燕，或短時間便可以變得身材健美。不過，有科學實證告訴我們，當我們起動之後，身體會釋出一種激素，令你的身心都變得暢快無比，所以你可以見到當每位跑者完成一次訓練後，都有一股莫名的痛快感。

跑步的功力是累積的，跑者會因自己的跑步量增加而感到滿足。初學者對自己跑多遠或跑多久疑惑不已。其實學校教育多年來的發展給了我們不少提示，通常中、小學生一節課堂，即三十至四十分鐘是一個不俗開始，而且這時間是一位擁有正常體能的人都能應付的，當然快慢和長短也是因人而異。

跑者的成績受制很多因素，天時、地利、人和，缺一不可。天時不可測，地利只能預先了解，只有人和可以掌握手中。學業、事業何嘗不是如此？到底，諸葛亮、孫中山、邱吉爾，誰的成就最大？還是，其實他們都是歷史上的跑者，為着自己的理想而不斷奔走、奮鬥。

正如你立志開展你的事業，看似容易其實也是非常困難的。可能你對自己的事業很有興趣，但最重要的是找對方法，持續實踐，才能做到一點成績。所謂找對方法，持續實踐，表面看來似乎很容易，其實奧妙在於何謂對的方法。另外，持續實踐多久才見成效，這些都是人窮一生精力追尋的。正如跑步運動一樣，找對了適合自己的跑步方法，持續練習，成功便在前面。同樣既是口號，也是至理名言，必待有志者自行體驗才清楚。

持反對意見者，總有千百個理由，說跑步並不適合每個人，又或跑步令膝頭容易退化等。情況無異於人天生有學習的能力，但有些人硬要以自己的惰性、沒有讀書緣來加以掩飾。

比賽才知實力

只有練習沒有比賽者，決不能令自己的水平提升。在長跑運動裏，比賽通常是指十公里、半馬拉松、馬拉松以及近年開始流行的超級馬拉松。長跑比賽的特點，競賽對手除了是其他參賽者外，最重要的對手其實是自己。所謂與自己比賽，意指與上次自己的表現比賽，看看能否超越上一次的表現。

當然，年紀愈大，跑步的速度一定較年輕時慢，比賽的成績也一定大不如前。

固然，若執着比賽成績的話，長跑比賽依照年齡分組，要奪得獎項也不是難事。可是，年紀大的跑者追求又是另一個境界和層次的意義，其實跑步與修練也是異曲同工。

跑步是一種修練

求學必然連繫閱讀和寫作，二者皆講求紀律性，跑步同樣是講求紀律性的訓練，兩者有驚人的相似地方。求學時到達一個境界，學者自然有一種領悟和悦樂。跑步亦然，慢跑令你有一種與自然連繫一起的感覺，尤其當你獨自一人在大自然的環境跑步，一種與天地共生的感覺油然而生。聽説日本有一群僧人便是以跑步作為修練的方法，每天跑一個馬拉松的距離，而且持續七年，讓身體進入一種常人難以超越的境界。

有跑者把跑步變成生活的一部分，但並不表示跑者變成職業運動員。他們的做法是既有本身的工作，但用跑步代替了交通運輸，即所謂通勤跑，有些跑者甚至每天可以跑超過二十公里，他們追求的並不是跑步的速度，只是單純追求一種跑步的愉悅。其實這與求學求知同理，也不是為了追求富裕、名利，而是單純為了一種求知求真的歡愉。

跑出香港　體會世界「跑」的文化

香港在全世界只有一丁點的地方，面積實在太小了，所以不少香港人都喜歡到世界各地旅行。近年，在香港也興起一股到外地跑步的風氣。有人說，這是長跑中產化的現象。不過，若由此體現世界各地的一點風土人情，也未嘗不是好事。

在亞洲眾多國家主辦的馬拉松賽事中，以日本對長跑運動最為支持，這不單是賽事辦得好，而且國民對賽事和運動員也非常支持。在比賽期間，不論小孩、老人、學生、商店職員，都會走到校園和店鋪前，為健兒喝采打氣，又跳又唱，甚至送上飲料和補充劑，氣氛熱烈，讓所有參加者留下深刻印象。到底，大家為何對素未謀面的人熱情招待，甚至有人說，日本人就是在電視收看賽跑直播也會感動落淚，這也是一般香港人難以理解的。

回到初衷

為甚麼我們要參加長跑運動？除了上述的意義外，其實回到初衷，跑步可以讓我們認識一下自己的身體和身邊的環境，因為我們要從家中跑出去，然後又會拖着疲憊的身軀回家，好好休息。不如你就坐言起行，出去跑一會，回家後可能對自己有新的體會。

吞嚥冰點

吳 暘

在炎夏裏，我點了一杯特飲，還刻意着侍應要了根寬口的吸管，飲料端來，立於桌上，我讓嘴唇緊貼吸管的圓周，這時舌頭不慌不忙作了些調整，然後我使勁地抽乾藏於圓柱內的悶氣，這場強弱懸殊的角力注定捱不到數回，當管身成了量不了熱度的儀器，杯底傳來投降的抖音，這時我才用門牙輕咬失效的量計，追逐錯落在冰塊上的汁液，一輪搜索過後，我高舉飲杯，讓無味的冰粒滑進口中，先頭的都經不起牙關的洗禮，變成粉碎；直到杯底僅存的一顆，我讓這顆不大不小的慢慢地流入咽喉，冰粒敵不過咽頭溫度的落差，化成了一抹炎夏的清涼。吞嚥冰點，一直是我童年的得意絕活——價廉的消夏好方法。

甚麼是幸福？二十世紀意大利著名小說家莫拉維亞有一個短篇，叫作〈櫥窗裏的幸福〉。故事是說一名退休的老公務員米隆內和妻子、女兒總愛在傍晚時分到大街上蹓躂，他們沿着長長的科拉．迪．里安佐大街的行人道遊逛，認真地欣賞每一家商店的櫥窗——對於生活僅足餬口的米隆內一家來說，這種散步無疑是他們生活中唯一的樂趣。有一天，他們如常在大街上找趣。無意中經過一家新開張的商店，被櫥窗裏射出來的炫目光輝吸引住了，他們清清楚楚地看到櫥窗裏陳列的商品——幸福。櫥窗裏的幸福猶如汽水販賣機，大小一一陳列，種類繁多，品種齊全。在這家商店，幸福是人人可購，就好像現在我們購買波鞋、智能產品一樣的平常方便。科拉．迪．里安佐大街究竟離我多遠？我並不曉得，我只記得盛夏的「童子街」就是我的樂趣。在那裏幸福確實有售，它花款不多、形狀劃一，價格不過幾元，然而童年的我還得在左支右絀下才能嘗到一杯——冰點椰子汁。

夏蟬的叫聲其實並不聒耳。晚飯過後，我們三兄弟姐妹，彼此湊合各自的零錢，有時尚欠幾毛，我們三人互使個眼色，這時逗人的姐姐就得出動，準備向我們敬畏的嚴父領教，姐姐才剛架起陣式，勝負一早已分。我們迅速穿越公共屋邨的大堂，急步走到大街，先來一段斜路疾走，哥哥總是佔在最先，哥哥沿路領放，時有回頭，我常猜測他回頭的動機，究竟是在向我們炫耀？還是怕我們沿途出了亂子？直到這刻我還不得而知。而我總嚷着要跑到更前，不讓哥哥專美，卻渾然忘卻姐姐總在最後，最終害得哥哥和我迫不得已停在準備拐入「童子街」的轉角處等候她。有一次在出發時，我抱怨姐姐為何不走快點，結果那次姐姐因抵不住俯衝之力，在途上跌倒，還擦傷了膝蓋，哥哥和我只好一左一右攙扶姐姐，結局是嘗不到冰點椰子汁，嘗到的卻是父親嚴厲的責備。那次過後，我們的步履竟變得一致，那條長斜好像忽而不再陡峭了。

在街角向左拐，再步行多不消一分鐘，就到了販賣冰點椰子汁的地方。這裏是一片大約五百平方呎的空地，擺滿了六七檔小販，全都是吃的：魚蛋、燒賣、碗仔翅、雞蛋仔、煎釀三寶、炒粉麵、椰汁冰等，一應俱全且價廉物美。四周叫賣聲熱鬧，顧客不少，我們搶到售賣椰子汁的小車前，「三杯大的，一人一杯，不用爭。」檔主認得我們。手推車上放置了一盞照明燈，幾盤膠盒，盛着涼粉、罐頭菠蘿、西米等配料，與倒轉擺放的玻璃杯子構成了起伏有致的陣勢。手推車旁有幾個塑膠桶，桶內全是水，我相信是用來洗刷杯子的，我曾瞥見檔主的太太將飲畢的杯子往桶中一潛，用布沿杯身內外繞了一圈，杯子瞬間又重回手推車上。中間的攪拌器就是鎮店之寶，檔主熟練地將椰果、糖、水和奶投進旋轉槳，最後加入的是大冰塊，按下鈕鍵，旋轉槳高速轉動，混合的力量是拍擊力，一杯美味的冰點椰子汁就攪拌而成。

椰子汁中的冰點是靈魂。你在生物課上有看過氣體交換的動畫嗎？一排圓點代表氧氣，從口鼻魚貫吸入，小點降落到肺葉，沿血管運行，遍及全身。繞一個圈子回頭向肺部，圓點換了顏色，表示變成了二氧化碳，最後從口鼻呼出。這種圓點擴散運動的前半部，我幾乎能夠由喝下冰點椰子汁中體會出來。浮面的冰粒混合椰汁，一股腦兒湧進口腔，我覺察到一捆怔忡的冰粒即滲進了食道，異質的冰液沿食道引發騷動，刺激了神經，引致了冰寒的麻痺感覺，遠比吞嚥冰點來得爽快！對不起，我這隻夏蟲只能語冰至此，你沒有這種體驗，不妨試喝一杯。

這裏的檔子都是家庭式經營，見證了低下層的市民生活。香港在英國統治期間，中國大陸歷經國共內戰、文化大革命的影響，中國人民為了改善生活，故此紛紛由農村湧入香港，我的父母也是在這個情況下輾轉來港定居。由於大部分的中國人沒有接受教育，故此來港後只能成為低下層。戰後，輕工業剛起步，這批新移民正好成為廉價的勞動力。但是，由於人口眾多，一時未能完全被市場吸納。有部分市民為求過活，只能靠自己的雙手和智慧，在街頭擺起檔子經營。小販服務的對象當然是同屬低下層的勞動人口，無牌小販，換個角度，就是低下層為生活堅忍拼搏的寫照。

及後，我因搬家數次，三人行變成了雙足走，哥哥和姐姐各自組織了家庭，慈父的臉變成了我記憶的烙鐵，我和媽媽住進了市區。這些陪着我們成長的小販，竟似無聲無息，逐漸在街頭失去足跡；卻又好像只是轉換了營運模式，捨棄街頭游擊，轉戰小店，繼續營運。然而，街頭少了幸福的滋味、少了叫賣聲、少了「走鬼」聲、少了氤氳的香氣，就像夏蟬不再吵鬧，叫人寂寞得很。直至許多年後的一天，我在商場發現「椰汁XX」的店舖，鮮黃的裝潢有點突兀，但我還是難掩興奮，迅即點了一杯來嘗，探頭看不清那年輕伙計如何在我杯中做了手腳，不消一時半刻，年輕伙計遞上了一隻有蓋膠杯，我知道這就是一份久違的滋味，我不禁將杯子拿着審視片刻，隨即喝下，味道是不差的。然而，喉頭確實少了點溫度，我還是吞嚥着一口口椰子製成的飲料，有種不安的感覺來自胸腹之間若隱若現的痠麻，背上傳來點虛無的熱度，重提我與夏的交融。我微微轉身，聽到一些談話，詞句斷斷續續的，排隊的人堆中似混雜了一些熟悉的身影，他們會帶着怎樣的心情離開？這種情景真的是我熟悉嗎？我在回家的路上不斷地反覆問自己。

蝸居，只是一種習慣而已

李家儀

許多事情，只是一種習慣，我以為沒有例外。

清晨，我仍臥在溫暖又安樂的被窩裏，手機信息提示訊號此起彼落，收音機裏的人聲量毫不保留，電視無人理會的節目連綿不斷。複沓而無關聯的聲音像一股冷鋒，隨空氣侵擾熱暖的耳蝸，刺醒熟睡的人。房間的木門明明是閉着，大概木門是空心的，未能把一米外客廳的聲音隔開。聲音彷彿有種神奇的穿透力量，衝進來就捲不出去，在房間裏埋伏，專門狙擊仍在熟睡的人，鎖定目標，一躍而下，降落在耳畔邊緣，順着耳道的斜坡滑落抵壘，敲響耳膜宣佈它已經佔領空間狹小的耳蝸。衝擊徘徊徘徊，夢裏似乎比現實還要安靜。星期六，五天教學工作後的所謂假期，我早已習慣。

儼如教導人生大道理的電台節目正在討論着，放肆地吵醒所有仍在夢裏的人，令人難熬，就看誰比較有能耐。主持人冷靜地發問：「你認為現在是置業的時機嗎？」「有人説樓市會在今年破頂了，現階段置業是否不明智？」專家滿有自信的分析：「新興建的私人樓宇數量增加，相信快到飽和」、「樓市辣招不會影響他們的購買力」、「暫時看不見任何因素令樓市下降……」每個星期六的早上，我只不過想睡晚一點。我把僅僅推開用以呼吸的窗縫拉緊，隔絕廚房傳來的收音機聲音。我奮力堅持閉起雙眼，我按捺着內心的浮躁，五天工作後的疲憊從腳底竄上胸口，重複的堆疊着，如溢滿的衣櫥，已容納不下多一件衣服。房間裏衣櫥的門半掩半啟，衣櫥已經吃得飽膩，快要獲利回吐，一件毛衣的衣袖在衣櫥半啟的縫隙吐出微弱的呼吸。顯明的隔着一堵牆、一扇門，收音機的聲音究竟是如何竄入一個倦極人的靜謐，硬要衝着我的耳朵而來？由我出生那一刻開始，我已經住在這三百多呎的居所，我深深明白我比很多人都幸福，所以，習慣自小培養就好。

手機滋滋的震動着，彷彿通過連接雙層床的木條，從上格床傳送到下格床的枕邊，咄咄逼人。我習慣把手提電話擱在床尾，坊間常說手提電話置在枕邊睡覺，會影響睡眠質素，然而我從來沒因此而睡得好。睡在上格床的姐姐今天候命上班，手機不能關，好幾個信息的騙子，惹得人好不耐煩，誰也無法選擇可以安靜的片刻。好不容易撐開半黏不欲分離的眼皮，我伸一伸懶腰，我知道是時候起床了。收音機此時播放着節拍輕快又強烈的歌，我不知道他在唱甚麼，我只知道他在不斷撩動人潛藏心坎的煩躁，像討你厭的蚊子偏偏喜歡在你眼前擾攘般，你恨不得、一把掌、拍到桌上！我知道，我會習慣的。

雙腳才剛貼地，我還是睡眼惺忪。腳掌在涼颼颼的地板上，兩三下來回逡巡就能穿上我的人字拖鞋，那種粗糙的塑膠質感，不會讓人認錯。我雙手一撐，前踏一步，隨即便可旋開房間的空心木門把手，我在讚歎地方狹小的方便。我向右踏前兩步，穿過依舊無人理會的電視聲，左邊是廁所，右邊是廚房。小小的銀色收音機，懸在廚房的鋁窗框。陽光從窗花篩灑進來，我彷彿看見他在跳動，在炫耀他的聲音能傳得多遠，他是如何派遣他的軍隊，越過窗框，乘着外邊的空氣，再俐落地攀越我房間的窗，竄進房間，俯身一縱，滾到我枕邊的耳畔。他銀色的外殼如常勝將軍的勝利勳章，要惹人發飆。我沒有露出不悅的神色就竄進廁所去，老父聽着收音機的聲音，在廚房清潔，如常地把水杯洗抹一遍。這是大家滿有默契的習慣。

電視機裏的人依舊喃喃自語，光影錯落映在半米前的飯桌。我不知道新聞報道員在說甚麼，但就是不能關掉，他彷彿不能安靜，偏要在人耳邊嗡嗡鬱鬱地囁嚅不停，他語調平淡，好像在說着與他毫無關係的荒謬事情。我把假日要批改的學生作業在客廳飯桌上鋪張，我執起紅筆，圈着形體相似但筆畫缺漏的字粒，密密麻麻的字海裏浮出蜷曲蠕動的小蟲堆，尾巴與蟲頭不接，後句與前句絲毫沒有因果關聯。我托着腮，紅筆的筆尖在作文紙上廝磨停佇。電視機又在自顧自地絮絮不休，「政府某官員涉物業僭建……」我無暇理會這人背後有甚麼難處，反正事情正確與否不是由我來判辨，電視機會告訴我，道歉過後、處理過後，一切會回復平常，安然地繼續他的生活；「某大學學生佔領學校語文中心，要求校長交代豁免試評分準則及上訴機制，一度以粗口辱罵老師。」這裏的人更沒有心思理解學生行為背後合理不合理，我更加無需要探討，因為相關學生已經被罰停學處分。在這狹小的空間裏，似乎仍有太多事情，我無法理解它的紋理，寬容與縱容、真理與無理的定義，似乎顛覆了多年來我以為自己已經明白了的常理。母親長期安坐在沙發的一座看電視又玩手機，我都習慣了糖果遊戲裏的人表示讚歎的節奏，皮革與彈弓也完全習慣了母親的重量與形態。有時候，我也會想窩在沙發上看看電視，但皮革與彈弓早已有它的規矩，坐墊凹陷處早已不能再習慣我。母親依舊低着頭用手指小心翼翼地篤着手機，每一次觸動所發出的聲音，短促又頻繁，密集又不規則。

我無法專心批改學生課業，只好掏出耳筒塞進耳蝸，播放我的音樂。我的音樂無法阻隔電視和收音機聲的左右夾攻，像誰也不能置身事外。我抱起平坦中帶有皺摺的作文紙和墨水快將耗盡的紅筆，退到一米後的房間去。房間沒書桌，我只好盤着腿窩在床上繼續批改，聲量似乎小了一點了。

生在這、活在這，這麼多年，我想，我應該是習慣的。這，只是一種習慣而已。

我的域多利時代

李紹基

當我還是孩童的時候，已明白在電視台「明珠930」播放的電影，和在戲院放映的電影是不同的。二十一吋電視機的畫面只如一個五人足球場，而黑暗中的戲院是個十一人草地足球場，兩者可以讓眼睛和精神馳騁的空間，可謂天壤之別。它們之不同，其實不單止於螢幕上的尺寸，就連聲音和氣味也有差別，但對於這種差別，人們已漸漸變得不太在乎。

我的童年在屯門度過，那是九七前的時代。屯門的孩子，一般都只會在屯門和元朗一帶活動，他們不是不想出市區，只是出市區的路途實在遙遠。那時候，西鐵還未出現，屯門只靠巴士連接市區，在屯門公路塞車是常態，乘60M巴士到最近的市區——荃灣也要花個多小時，如要到旺角或佐敦看電影更是奢侈的幻想了。寶麗宮、普慶、海運，它們就如我在童話書中看過的宮殿名稱，帶着異國的氣息。

我這一隻屯門之蛙，小時候看戲，總跳不出屯門這口井，而屯門的戲院，就是我在井裏所能望見的天空。不要以為井底之蛙不快樂，在這個自足的井裏，我度過了快樂的童年，全因我被屬於電影的空氣包圍，而空氣來自一間老式戲院，名字帶殖民地味道，叫「VICTORIA」。但那是我後來才知道的名字，屯門人誰會叫它的英文名？我們都叫它「域多利」。它開業的那一年，我剛好來到世上。

域多利在屯門當時人煙最稠密的地方，那兒叫新墟。印象中，它比屯門大會堂還要大一點，可以坐上千的觀眾。高聳的雪白色樓牆，會掛上正在上映和下期上映的電影畫布。巨型的畫布都是由畫師親筆畫上去的，每一張都不同。而當人們老遠見到戲院的畫布不同了，便知道戲院換畫了，又有新戲上映了。

以前的電影畫布會看得人迷了眼，因為上面的油畫人物輪廓都畫得不夠分明，除非是由成龍或洪金寶做主角，否則我未必能從畫布內容猜出電影由誰領銜主演。

我反而愛這種模糊的畫面，它會引領我的聯想走到螢幕前，彷彿會傳來放映院裏微微發霉的氣息，那股味道可能是來自院裏受潮的地氈或木椅，但那並不是我對電影的第一印象。

每當我回想電影於我孩童時期的印象，鼻子前面便會飄來爆谷的焦香。記得第一次到域多利看電影，我還是個讀幼稚園的孩子，我那時還未懂得甚麼叫戲院，只知道那裏的電視比較大，四周黑漆漆，像家裏停電的夜晚。當時父母帶我看《戰火屠城》，那是一套關於赤柬軍政府濫殺人民、人民在槍桿子下努力求生的電影。我記得其中一幕，上千的骷髗頭在土丘上疊成金字塔，但這一幕我看得不太怕，因為有其他東西更吸引我。我當時手抱比金字塔還要高的爆谷，視線被前排的大叔擋着，我透過隙縫望着不太完整的血肉場面，嘴巴努力啃着咖啡色的焦糖味爆谷，而屁股則在電影院的摺椅上左右搖擺，像在遊樂場玩滑梯的傢伙，殘舊的木椅發出嘎支嘎支的聲音。從此，戲院裏的味道和玩意，成為了我對電影的印象。

小時候的我愛把卡通情景扣在現實生活中，會把進出放映院時穿過的隧道當成時光的隧道。當年放映院的出口，總會掛起了深紅色的絨布幕，布幕好高好厚，小孩子體形小，氣力也小，要掀開這重重布幕並不輕易。但就是因為要費勁才能穿過這個關卡，所以我更期待掀開它後，闖進未知世界的一刻，好像去了另一個時空一樣。布幕沒怎樣清潔保養，上面會沾上面油的味道，還有爆谷的味道。大人嫌它髒，我卻喜歡偷偷嗅它的氣息，就當這股氣息如電影開場前播放的預告片。

我喜歡看預告片，因它有時比完整版好看，我幾乎沒試過錯過。但我那個時代，不叫它預告片，叫它「畫頭」，那是媽媽告訴我的。畫頭是未上映的電影精華，總在每套電影放映前播放。可是，域多利有時會抽起畫頭，轉而播放附近店舖的廣告，有美容院的，也有芬蘭浴室的廣告。我小時候比較有興趣知道甚麼是芬蘭浴，想知道究竟它和香港浴有甚麼分別？孩子不懂事，總覺得那是大人的玩意，雖然感興趣，但又不敢多問，也知道孩子不可以歎芬蘭浴，就如孩子不可以去美容院一樣。

域多利的戲票不易買，經常都滿座，可能因為交通方便，它位處鄉事會路旁邊，巴士站就在電影院旁邊。居民們下班後，可以先到那裏逛逛，看到合心水的電影便即興買票。從市區下班的人，要七點左右才能回到屯門，最早只能看七點半場，因此這個場次是一票難求。我試過太晚買票，只買到第二行的座位，看戲時要把腦瓜拉到椅背上，能清楚看見的只有扭曲了的字幕。

那時的戲院沒有分成多間小院，每場只會放映一套電影，螢幕很大，座位很多，而且分成兩層。下層的叫「堂座」，戲票較便宜，看戲時要抬首仰視；上層是閣樓，叫「超等」，就如劇院的廂座，戲票亦較貴，看戲時俯視便可看到螢幕。但對小孩子來說，超等和堂座沒甚分別，因為坐在前面的大人一樣會擋着大半個螢幕，因此我坐在超等座位，也要坐在爸爸腿上才看到畫面。

域多利的氣氛跟現在沉靜斯文的戲院不同，周圍總會迴盪着熱鬧的笑聲，像春節的花市，而且也會飄來燃點煙草的味道。那個時代，有人的地方，便有人吸煙，所以我小時候會把煙草的味道當成人的氣味，人愈多的地方，人味便愈濃，對此早已習慣。以前堂座的吸煙區和非吸煙區，根本是連在一起的，無屏也無障，兩邊的觀眾，所呼所吸，都是同一空間的空氣。大叔們呼出的煙圈，成為了螢幕前的點綴，成為了看戲時的立體特效。我自小已愛看鬼片，更愛看鬼片時坐在吸煙區旁邊，煙霧瀰漫，彷彿片中的白煙從森林中跑了出來，而女鬼就坐在我身旁。

每至電影中段，我靈魂的一部分會不在電影院裏，因為已被院外的香氣勾走。以前看戲，不止是眼睛的享受，鼻子和嘴巴也是受眾。那時候的戲院門前都會擺滿流動小販檔，小食應有盡有，至今仍流行的魚蛋和煎釀三寶當然不會少，那時還可以找到炸蕃薯和炸蘿蔔絲餅。而最奪目的是放在竹筐裏橘紅色的豬舌、生腸和雞腳，我們都不管染色素有沒有害，只覺得紅彤彤的小吃特別誘人，如再配上黃色的芥末、陳年鹵水汁，那就更鮮味了。但香氣最逼人的一定是白煙繚繞的一群，火熱的爐頭呼呼作響，炒栗子烤魷魚臭豆腐香氣沖天，尤其在冬天，烤箱中的煨蕃薯更是香氣四溢，恣意地招徠散場客。人們都成了露螢與燈蛾，不由自主地蜂擁至火光前排隊，乖乖奉上鈔票。散場的味道，才是電影的高潮。

相比起現在的戲院，門前再沒有值得期待的餘溫，觀眾散場便各走各路，看電影變得俐落而純粹。以前戲院開場和散場的喧囂，已成為懷舊電影裏的一幕，但畫面的溫熱質感，還要靠老一輩的回憶去填補。

域多利，已在二十多年前結業，兩層高的放映院，部分已變了老人院，大堂被瓜分成數間街舖，售賣雜貨。灰白的建築沒有修葺，殘破不堪，油漆剝落的高牆和樑柱盡情裸露。我每次走過，也會想起這所電影院在心裏的位置，和在屯門曾有過的熾熱氣息。

時代流轉，舊日的情味被新的建築撕碎填平，換成了老人院昏黃的燈光和雜貨店的叫賣聲，電影迷亂的光影成為一塊塊殘存的印象，新一代已無從去經歷。兩層高的老式戲院，在屯門，在香港，已不復存在了。現在的戲院小得如美容院，沾上食物味道的布幕，已變成潔淨的鐵門，門外也不會傳來烤魷魚的香氣。但有些東西始終會留下來，例如我手中一包微甜的爆谷，和坐在螢幕前，依然不會錯過畫頭的孩子。

舊物無聲地消失，我對那個時代僅存的感覺都好像在不知不覺間流失了，人聲與味道，亦變得像舊日的電影畫布，怎麼看也依然是化開的，模糊一片。幸好關於戲院的記憶，都在我的腦中化成了不同的味道，成為我日後對電影認知的記憶符號。

味道是我最可靠的回憶按鈕，它就如電影的配樂，音樂奏起，電影情節便會呈現。我自小便發現自己的鼻子比眼睛靈敏，而且對事物的印象會以氣味來記憶，活像一頭尋回犬。因此電視和戲院在我腦海中的分別，不只眼前流動的顏色。色相都會隨時間從我的記憶中如河水般流去，而真正能留下印記的，便只有收藏在鼻子深處，那濃烈的刺激。

聽說小小的嬰孩，都有着強大的嗅覺記憶，能記下每個親人的味道。哭鬧時，親人一抱，嬰孩認得是疼惜自己的人的味道，便會安穩地睡去。就算嬰孩長大了，味道的記憶還會存在，在獨個兒哭泣時便會記起。而戲院的氣息，就是令寂寞的我停下哭泣的味道，它來自我所屬的年代，那是從親人身上傳來的味道，味道雖然複雜，但在我的腦海中如看過的電影情節，有條不紊。

張日

李嘉敏

呷一口燕麥，百般滋味在心頭，外公的影兒又在我腦海中浮現。

我的外公——張日，祖籍廣東中山，居香港已六十餘年。他曾於天后廟山的木屋居住，夏熱冬寒；在北角水星街的街頭擺賣，雨淋日曬；又在天后的中藥店工作，早出晚歸。與許多先輩們一樣，外公踏踏實實地幹，只為養家餬口。他經歷過香港最困難艱辛的時代，也見證了香港輝煌蓬勃的年代。憑着刻苦勤勞的個性，體現了獅子山下拼搏奮鬥的精神。

也許，過去的種種，使外公養成勤儉的習慣，他把大部分工錢連同八十二歲退休所得的服務金全都儲蓄下來，每天到市場只購買二十多元的飯菜。是的，這令人很驚詫，在這物價飛漲的年代，哪能買到二十多元的飯菜？然而，他每天如是。兒女力勸他多買些優質食材享用，但他語帶溫柔地堅持：「吃剩，會浪費。」在有些人看來，認為他吝嗇；於我看來，則認為他深諳「積穀防饑，該花則花」之道。

外公的生活簡樸，每天清晨四時多起床，到柴灣的權發酒家享用一盅兩件。他的食量很小，差不多每天都只吃「孖寶」——牛肉和燒賣，偶然會改改口味，吃排骨。我常幻想清晨的茶樓該是殘燈無焰，寥寥數人。直至有一回，我跟外公喝早茶，才知自己錯錯錯！

那天，我隨他到了權發。一進去，只見那兒燈火通明，人山人海，茶香撲鼻。茶客多是長者，各人有默契地割據一方，純熟地拿杯碟，悠然沏茶，儼如在家一般。每見有人進來，他們都會親切地打招呼，關懷問候。他們的熱情溫暖了空氣，滋潤了五內。在主場健步如飛的外公引領我前去他的「天字一號」，沿途有禮地向茶客點頭示好，也有不少人向他問安：「『細路仔』早晨啊！」我狐疑不解，究竟婆婆對誰說話呢？後來，我才知道年屆九十八歲的外公活潑伶俐，童心未泯，故被大家稱呼為「細路仔」。茶客們對我這個陌生人感到好奇，紛紛問：「這是你的孫女嗎？」外公即糾正道：「這是我的外孫女。」可見他思維清晰。説罷，不忘補充：「她是碩士畢業，教書的。」神情洋洋得意。雖未做到「揚名聲，顯父母」，但原來我對學問的追求，會令外公感自豪。我想，這是我人生中一個正確的選擇吧！

甫坐下，外公即擺好陣勢：一杯茶、一張紙巾、一根牙籤，有條不紊。然後，與茶客天南地北，無所不談，我卻靜靜看着他的側面。他長得着實好看，清澈的雙眸炯炯有神，筆挺的鼻樑下是含蓄和藹的微笑，皮膚紅潤，滿臉慈祥。穿起襯衫，文質彬彬。謙謙君子，溫潤如玉，難怪外婆生前那樣愛他！

外公的容貌俊美，內心善良，故人緣甚佳。記得有一次，我們到公園晨運。暖和日光，穿過樹梢，鳥雀呼晴，生氣盎然。然而，外公因身體違和，沒精打采。正當我一籌莫展之際，一把輕柔的女聲呼喚我的外公：「日伯！你怎麼了？」我抬頭一看，原來是一位老婆婆。經外公介紹面前的全嬸，我才得悉他們是「老街坊」，一同在街頭擺賣，相識數十載，多年互相照應。全嬸聽聞外公抱恙，故撐着手杖，一拐一拐地行到公園尋找他。當看見悶悶不樂、身形清減了的外公，便鼓勵他多吃一點，說着說着，更打開手中的膠袋，邀請外公吃葡萄。外公瞄一瞄膠袋，搖搖頭，輕聲說：「不吃。」接着，沉默下來，使空氣凝住了。全嬸依舊保持微笑說：「要多吃點生果！」然後，一邊說一邊撕掉葡萄外皮，往外公的嘴裏送。外公不情不願地張開嘴，吃下了。他的神態動作像極小孩，被稱作「細路仔」真的一點沒錯！全嬸這微小的舉動，感動了我。他們雖非至親，但因經年的相識，真心的相交，坦誠的相知，建立了美好的情誼。此刻，外公嚥下的看似是葡萄，其實是人情，是友愛。人與人之間的情味，如此甜美濃郁，如此難能可貴！

友情難得，親情珍貴，外公也很重視親情。

那些年，內地經濟還未起飛，資源匱乏，家鄉的親戚們生活過得一般。外公每次探親，也是大包小包的背回去，吃的穿的用的都有。依稀記得在我小時候，曾跟外公和媽媽回鄉。那天，通往內地的羅湖關卡擠滿了人，水洩不通？摩肩接踵？萬人空巷？我難以用字詞形容那種震撼！只見那蜿蜒的巨蛇盤踞着前方，無路可進。其後，我在搖搖晃晃的車子上，睡了又醒，醒了又睡，不知過了多久，終於到家鄉了。

踏過泥濘滿佈的路，朝着雞鳴的方向，進入矮矮的農舍。或許，這農舍有魔法，讓人變得年青，充滿生氣，以致外公每次回來時，都展示最滿足燦爛的笑容。縱然回鄉的路遙遠，肩上的包沉重，也無阻他尋根的心。無論冬夏，不分寒暑，他都堅持回鄉、回家。為的是那裏的人，為的是那裏的情。

外公的情也濃濃蔭庇着我，使我在幸福中成長。有一年，外公跟朋友到日本旅遊。他回來時，竟給我帶了一個卡通梳鏡套裝。雖然事隔多年，但我仍記得收到禮物時的情景，先是驚喜，後是傻笑。物輕情義重，這份心意，我保存至今。

此外，每逢新年，我也會對外公撒嬌，嚷着要兩封利是。是的，面對外公，我的天真和稚氣依舊。外公派的利是二十元一封，不是大數額，我向他討兩封，只為得到他雙倍的寵愛，更怕自己丟三落四，遺失了那一封。一直以來，我也珍藏着他給我的利是，從沒花過一文。於我而言，它們是外公給我的祝福和愛，是有形實在的憑證。只是，隨着外公去年的辭世，我的幼稚行為也要告一段落。

在外公離開後，他送了最後一份禮物給我。沒錯！在外公離開後，他送了最後一份禮物給我。

一天，社區中心寄來了請柬，邀請外公出席生日聚餐。媽媽替他付款報名，打算與他同往。可惜，外公沒等到那天……媽媽把門票贈予友人。在當天的抽獎環節，司儀大喊外公的名字：「張日！中獎了！中獎了！」當然，沒有回應。最後，朋友把禮物帶回來交給我，我一看——「理想牌燕麥片」，霎時五味雜陳。外公，這是您對我最後的叮嚀嗎？您希望渾渾噩噩的我追求理想嗎？您希望饞嘴的我保持健康嗎？我相信是，我會如您所願。

親愛的外公，
我仍然記得，我牽過您的手，感覺溫暖；
我仍然記得，我吻過您的額，感覺溫馨。
無論您到了哪兒，您的愛都在。
往昔、如今、將來，都在。

成長有您

李鏡品

我總覺得校園是一處充滿溫暖的地方。老師錘鍊同學的品格，教曉我們知識。成長的旅途中，幸得老師陪伴、支持，成就今天的我，感恩成長中遇到很多令我敬佩的老師。

回想中學時期，踏入校園，映入眼簾便是那柔綠的操場，經過被太陽曬得鬆軟的綠地，鼻子就因兩邊淡淡的花香而忙着。一切只是一轉眼，原來課室旁那條迂迴的樓梯不知不覺已經走了七個秋冬。憶往昔，五味雜陳，百感交集。

還記得那個一臉稚氣的我，初次踏入校園時的期待和擔憂，如孩子面對偌大的世界，是好奇，是迷惘。幸好有老師細心的照顧，不致跌得東倒西歪。那時經常和朋友在校園奔走，嬉笑聲充滿着整個校園。寧靜的圖書館、熱鬧的操場、莊嚴的禮堂，處處也留有我們的足跡。

在中學，我遇到了許多好老師，有的幽默風趣，有的和藹可親，有的要求嚴格……而教我印象難忘的是甄玉明老師。她是教我中文的，喜愛短頭髮，有一雙又黑又大的眼睛，炯炯有神。她嘴角總是緊閉着，平時不愛説話，卻平易近人。上課時，有條不紊地分析文章，指導我們品讀文意。老師的課堂説得透徹，有很強的思辯能力，經常鼓勵我們結合課文，反思生活。我們生活的世界是一個充滿情感的世界，離開了情感，許多事物都會變得蒼白無力。「感人心者，莫先乎情」，情感作為人類生存和交流的基本要素，也是教學之根本。甄老師的中文課，不僅是一個「傳道授業解惑」的認知過程，也是一個「陶冶學生情操」的情感過程。難忘的還有老師每週給我們寫一篇週記，記錄生活點滴，分享日常生活趣事。從她身上，我學會了感受生活，多留意周遭的事與物，學習謹慎處事。

成長中有愛的本質，定是幸福和快樂的。沅蒔老師是我的高中文學老師，她在育人中常體驗着我們成長的快樂與幸福。老師從不居高臨下，而是與我們坦誠相待。老師用母親的愛與關懷，感染學生。愛是美的，也是善良的，因為她，我們的生命豐盈而飽滿。因為老師擁有善良的品質，交給了我們善良的品格。因為善良生命使我們的生活開出絢麗的花，結出豐碩的果。情蘊芝蘭芳自醇，心會桃李總是春。

老師說過也許每一個人都希望自己能夠有輝煌與精彩的時刻，但並非每一個人都能夠明白青春路途上並不是付出一定就會有收穫，可是只要我們努力過、拼搏過，在人生這條平凡的小路上勇敢地走下去，自會發現前方一片燦爛的天空。在追夢中成長，那是何等甜蜜而幸福。

其實，老師的工作好比「導遊」，帶領學生暢遊不同的名勝。我很高興在我的生命中遇到很多優秀的導遊，他們帶領我暢遊中國文學的領域，讓我找到了喜愛的地方，找到了中國古典文學之美，使我流連忘返。驀然回首，我感恩碰到了很多我欣賞和敬重的老師，他們身教言教，是我成長的清泉。

得老師栽培，我順利升讀喜愛的大學，那波瀾壯闊的夢想，已然彼岸花開。在中文系的生活裏，康寶文博士是我的啟蒙老師。康老師誨人不倦，提攜後學。老師知識淵博，為人謙和，講課引經據典、旁徵博引，很受學生歡迎。康老師說話時的清晰、堅定、透徹、爽朗和豪情在在感染了我。康老師除了課堂教學，也是我的輔導老師。每一次的輔導課，老師的講述不僅讓我觸摸到許多已經概念化了詞語背後的細節，特別是老師那一代知識分子千錘百煉出來的精神氣質，讓我明白歷史何以在斷裂中，尚存綿延不斷的推進力量。我聽得如癡如醉，總覺得一節課的時間太短。三年的輔導課，老師一直關心我們的成長，跟我們暢遊文學萬千世界，分享生活點滴感受，更經常請我們吃中大不同的美食，讓我們大快朵頤。可老師每次也不讓我們請客，總是叫我們努力唸書，將來出社會貢獻所學，服務社群。老師身教言傳一直影響我們，至今，親切的話語依然在耳邊迴響。

中文系畢業後，康老師知道我考入中大教育學院，滿心歡喜，除了勉勵，還是勉勵。其實，三年來在中文系跟老師學習，就是最好學習為人師表的機會。還記得畢業前，老師為我引薦，那天下午的對話，情深意遠；初出茅廬時，老師時時提點，無限關懷。

幾年前，我校舉辦區際中文演説比賽，希望燃亮學生學習語文的熱誠。老師知道後，十分欣喜，並不遺餘力支持，在繁忙的日子，仍替我們審定題目，更親自出席決賽擔任評判，為參賽者打氣和講評表現。老師熱心推動語文學習，教我深刻。我常常想，如果沒有這樣一位良師的啟蒙，我的教育之路會邁向何方？老師的真知灼見，涉乎古今，發為詩文，每每令人擊節而歎。

其後，老師儘管久為二豎困擾，體況日差，但仍以曠達襟懷恢宏氣度直面人生，暢行學海，完成幾屆公開考試，為社會審度人才。在回顧的時刻，再悠長的一生也是恍如一夢的吧，不過我相信，老師始終是非常努力地把自己的一生過得無憾也無悔的。斯人雖逝，但老師非凡的人格力量和文化價值、思想與言論，將永遠鮮活地存在大家的心坎裏。

人生豐於書，師恩長如泉！我要感激我的恩師，是你們的愛心、關懷，燃亮了我，你們的寬容、你們的無私、你們的恩情、你們的愛，都讓我無以為報。常言道：「教育是以生命影響生命」，而我的生命就揮灑着他們生命的絢爛色彩，讓我們一起，祝福青春，把握青春，享受青春。

感謝可愛的學生，能夠與你們成長，讓我的生活變得多姿多采，也因為你們，讓我的人生更添意義；感謝同仁，是大家給我的提點、鼓勵，叫我尋求突破，讓我不斷改進教學；感謝鄧校長對我的信任、提攜，為我創設空間，讓我在不同的工作崗位都有發揮的機會。共事的日子，時賜南針，提點我的工作，言教身傳，是我教育路上的伯樂；我更要特別感謝父母和太太，是你們讓我知道愛，感受愛，感恩愛。而兩位兒子的出生，更叫我見證教育的寶貴。

成長中難免會遇到疑難，犯下錯誤，遇到挫折，但身邊總有同行者給予我們指導和鼓勵，就像是寒冬裏一絲絲的陽光，深深溫暖着我們的心。我們生活在時下一個信息量大、物質財富不斷增長的時代，更可能陷入精神的空虛和靈魂的漂泊，只有用美來陶冶情趣，用傳統文化來鑄造性情，用人文品格來指導人生，才能彰顯生命的價值，呵護成長的旅程，規範發展的軌跡。

生命中得到溫暖、愛護，是我成長、工作的泉源，當中的點點滴滴將匯合成一泓清泉，川流不息，繼續滋潤我的生命旅程。

西營盤：樹和我的「前半生」

唐志偉

香港，我熟悉的地方不多，我只熟悉老家西營盤，記着惦着西營盤的樹——以前西營盤的那些樹，正正我的「前半生」也是繞着那幾根樹在轉，在變，在成長。

（一）青春果實

那棵紅磚學校內的無花果樹，就是我的青春。

無花果樹很高，很高，枝葉雖不茂密，但仍可跨越雙線行車的般含道。微風吹拂時，與對面港大鄧志昂樓門牌前的老榕樹枝葉接連，看來似連上了太古樓前面綠油油的樹海。與大學門庭，咫尺之遙。抬頭仰望，仍不難從葉縫上看見藍藍的天。青青的果子倘佯在樹幹上。偶爾，一些半熟變黃了的無花果滾落到花園的地上，散落在小水池邊，散落在長椅下，也滾動在長長的走廊上。年少時，琅琅讀書聲伴着花園的嫩綠，我們度過了不少快活、青澀的日子。微雨天，一大群為準備上科學實驗課的小伙子在樹下捕捉小蝸牛，我們在闖蕩，在飛奔；蟬鳴時，句句「歲有其物，物有其容；情以物遷，辭以情發……」的背誦聲為了要比蟲叫更快的跑進腦袋，我們在呢喃，在踱步。人們說：木棉花落，正是考試、畢業的時節。我沒見過木棉花，只認得小子們便是無花果樹下的果子。人生只剩紅磚牆、蔚藍天、青果子的歲月，彷彿是永恆。世界沒有轉動，大家依舊在每個清晨，奔上西邊街，佇立在朱紅色的校門前，等待着學校籃球場的開放，期盼在上課前打球打個痛快；每個下午，在做街坊生意的「農場餐廳」啃下天天一式一樣的學生餐後，便趕忙地衝往街角的影印舖印筆記、複製參考書。人不變，景不變，作夢時也未想過有夢醒的一天，我們也不懂為何劉勰先生那麼多情，那麼多感慨，反正會考歷屆試題庫中也不曾出過這道題。學校花園中的無花果樹見證着我們這一代單純的學生生活：上學，開心；開心，上學。

二十多年後，故地重遊，無花果樹的枝葉稀疏了，是因為妨礙着馬路行車而要被修剪吧？校園紅色的磚牆被刷亮得比以前更鮮紅了，花園修繕得更精緻更人工化，學校前門的名字也許因校友是前特首而被刷得更亮吧。以往的小餐廳，已換成了連鎖薄餅店；影印舖的所在，已變成每平方呎四萬元的豪宅，連旁邊的小店也全幢改建成服務自由行旅客的精品酒店。進出校門的年輕人，也都倒模塑成個個一手拿樂器袋、一手滑手機的模樣。抬頭望天，天空沒有了以往般藍，面前的景物似有一籠白紗罩着，抹不清，揮不散。

無花果樹仍然矗立在花園中，地上依舊躺着數顆果子，黃中帶青，果皮上那醒神的青綠映進眼簾，提醒着我鼻樑上剛配好的漸進鏡片原來已合度數。當日仰頭望天，心堅氣傲、不知地厚天高的小伙子們，現今在何方？也許在自己的事業領域上闖個出頭天；也許在異國看着同一個藍天空；又也許已成家立室，分枝散葉，結下更多纍纍的青澀果子；也許……當年日夕相伴的朋友，現今還見到多少？是在校友會聚餐時？是在臉書網頁身形發福的照片中？還是在子女家長聚會中偶遇？是誰按下了時間的加速鍵，讓一切一切都轉變？多情應笑我，在撥弄額上幾絲銀髮時，才發現原來歲月來去匆匆之際，正親嘗着事過、情遷的滋味，我們該如何自處？為甚麼考試時不考這道題？現在卻來考？

黃黃綠綠的果子散落在花園的地上，偶爾，也會掉落幾顆在般含道的行人道上。昔日如是，現今也如是。從中，我希望能找到這道題的答案。

（二）林蔭隧道

沿着港大校長寓所往山走，經過旭龢道，你會發現一條林蔭小徑，小徑直上山邊，一路踏着水泥石板、沙石前進，左邊是斜坡，長有高矮參差的樹，是那些呼不出甚麼品種的名字來的樹，右邊也是雜亂叢生的樹堆，左右拼合成一條「樹的隧道」。樹的葉縫間僅能擠出一線天空，那線彎彎曲曲，左轉右轉。偶爾隧道中間會有向山下流的小溪穿越其中。中一時，社際越野跑比賽，社長為湊夠人數出賽，便拉我這個懵懵懂懂的新丁來充數。比賽的地方就是這條樹徑。不知怎的，事後感覺這是一場沒有終點的競賽——當我由開始時躊躇滿志地隨人群飛奔，到放慢腳步地隨群而跑，繼而身體乏力地在隊末慢走，至氣喘如牛地獨自拾步而行，眼前仍是這條斑綠色的羊腸隧道，沒完，沒了。前面所有的選手也不知繞到了哪個彎去，只剩下我，只剩下這堆樹，這條路。跑到這一刻，腦海放空了，思想呆呆鈍鈍。再跑，會聽到自己腦中一句一句的說話聲。很奇怪的感覺，很不習慣。當這時，人就會拚命找一些焦點去望，只望見眼前的樹、樹、樹。望的節奏很快便調合成自己的呼吸節拍——吸、呼、呼……吸、呼、呼……樹、樹、樹……這是樹與我這個都市小子的對話方式嗎？是樹去平復我在比賽中落後的焦躁嗎？是樹去分擔我身體的勞累嗎？

入暮，比賽完了，「不打緊，你下次再加油吧」——彷彿是師兄們安慰的説話，但整夜伴着我在床上的，就是這些樹，就是這條樹的隧道。

升中二的暑假，差不多每一天，我總回到這條樹的隧道跑步。是不甘心上次比賽跑了個末尾，還是那些樹還在呼喚我？不服輸的我當然想捲土重來，解開慘敗的心結，但我得承認，是那些樹在呼喚着我。在那個平日罕無人煙的小天地，我可享受汗水在樹蔭下蒸發的滋味。我平素多沉默少言，父母也多因工作而放手不管我，小妹年紀也跟我相隔八年，我想，我大部分的心聲，都是在樹蔭下獨自跑步時，混和在風吹葉子、溪水流動的妙音中。在臨近路的盡頭前，轉踏石級而上山，可以到達一個寬闊的平台，那兒可遠望堅尼地城外海上浮沉的遠洋貨輪，旁邊鋪灑了一地金黃的狗尾草。席地而坐，看雲看海看書，可以消磨半天的光陰。從石級路中段爬進旁邊矮樹叢中，我可獨佔一個野草織成的被窩，睡一個懶午覺。沒有遊戲機、漫畫書、荔園的門券，我也可找到我的遊樂場。

二十多年後，故地重遊。政府在小徑上作了很多安全工程：加寬了路段，增添了方便遊人的涼亭、長椅，但這與我樓下休憩公園的格局無異。斜坡上整整齊齊的鋪設了水泥牆、大石塊，而面向摩星嶺的那段崎嶇山路，已被工程木板圍封了。以前常穿越的樹木隧道，也左右架設了灰色金屬扶手，立得穩，看得清。從網上地圖翻查，那條樹的隧道原來名為「碧珊徑」，山稱為「龍虎山」；龍虎山上的，是「松林炮台」。地方的名字記牢了，但我對地方的感覺卻陌生了。稍胖的肚腩告訴我：除了每年參加一兩場聊勝於無的長跑比賽外，我還有甚麼機會在樹下為跑而跑？現在，忙碌工作一天後，我除了斜躺在客廳的沙發上亂按電視遙控器和滑動手機屏外，我還會和誰作心靈的私語？是我忘恩辜負了綠隧道，還是樹徑早已消逝？

乘坐往離島的渡輪時，偶爾，也會從窗旁望望這西環角落青翠的山巒，尋找那條樹的隧道是否仍在。

（三）「相思樹」

西西弗斯啊！究竟是怎樣的力量驅使着祢，令祢甘心每天把碩大的巖石推上那陡峭的山坡？日復一日、年復一年地往上爬，祢可曾確信，為的是甚麼？在山頂上，是否有一棵相思樹？那樹的樹幹，是否讓祢筋疲力竭的軀體能稍作靠倚？那樹的淡香，是否讓祢在懷疑自己的付出是否值得之際曾滋潤祢的心田？真巧！在我身旁也是這棵相思。真的，我確信這樹，就是相思樹。每個黃昏，我總在這相思樹旁，在這斜道上，仰望着妳歸家前回望的身影，看着妳在窗邊輕輕的向我揮手，看着妳飄逸的髮絲，看着，看着，人影、樹影，沉澱着彩虹似的夢，夕陽中的新娘……見面時有千言萬語，暫別後心中也有千言萬語。相思樹啊相思樹！抱歉每天也逼你傾聽我心中的呢喃。相思樹啊相思樹！我也抱怨你的枝葉為何不長得疏落一點，讓我好生看清楚她在樓上窗前的倩影。每個晚上，我披星戴月的從鹹魚欄爬上醫院道的斜坡，為的就是夢想攀上相思樹，摘星星，採月亮，越過窗框，來貼近妳的心。

二十多年後，故地重遊，醫院道旁的護土牆新灌了石屎，外面擱了一層綠色的尼龍網。我的相思樹呢！你彷彿不在了。你被移走了？原地是改種了其他的樹，還是你換了樣？妳呢？從樹下仰望，妳的家外牆是否翻新了？怎麼看上去比以前還要簇新？以前常被凝望着的窗櫺，似有一層灰塵籠着，抹不清，揮不散。還是，還是我根本數錯了樓層？錯認了妳的家？一、二、三、四……以前總有相思樹用樹梢來替我指出妳家窗櫺的所在，但現在，我的相思樹呢？西西弗斯啊！當祢爬坡爬到心靈滲出苦時，祢是怎樣熬過那日子的？相思樹啊相思樹！抱歉我沒有再爬上這坡的動力，因那窗櫺的主人已悄悄的帶走天邊的雲彩。相思樹啊相思樹！我也抱怨你的不在。沒有你，誰再傾聽我心中的呢喃？

謝謝你，相思。

行車誌：我城夕照

殷培基

或許是一種難以言明的情意結，對於高低起伏的棒形排列，是我對本土情有獨鍾的印象。從前家中有一台唱機，是那時候流行5.1聲道那種，擴音機顯示器會隨着音量的高低強弱，顯示出一排起伏不定的棒形圖。那是上世紀流行的事了，現在如果你仍是音響發燒友，該會明白我指的是甚麼5.1聲道，或者7.1聲道，或者更懷舊更原味更能聽出段段韻事的那些黑膠之類。

我不是專業玩家，自然無法再談論更多關於音響發展的歷史與行情，僅僅是因為那一次日落，令我聯想起舊時家中那一台的音響組合，集卡式帶、CD唱盤、收音機功能於一身。每當我「焚機」之際（把音量扭到最大），最喜歡就是盯着那些高高低低的棒形顯示圖看。

回說令我聯想起聽歌老日子的那次日落，確是一次從未有過的豔遇。那是數年前的十一月秋涼天，下午六時，難得校務會議之後，鼓得起勇氣放下手上工作，順道載一位友好同事到太子。當我穿越了將軍澳隧道，駛過收費亭，不經意望向觀塘繞道前方的一片晴空，火燒雲之勢已呈，漸黃昏的藍天摻合了橙黃和紫紅，幾片舒卷之間的雲，像華麗的裙襬，正沿邊慢燃，橙紅色的焰火雲映在染上紫藍色的天幕上，隨風，雲散，火點隨之四散，也隨風，雲聚，蘊藏欲動不動的火在紫色的雲裏燒，偶爾散射炫目的金光，投在高低錯落的城市裏，在樓房頂，也在街巷間。我隨口跟同事說：「嘩！天色很美，很久沒看過呢！」我該是到了詞窮的地步，只懂用一個「美」字。

車子繼續塞進四線變兩線的車道上，下班時分車多，嘈雜難免，司機在躁，響號就在吼，的士司機趕着「搵食」左穿右插，巴士和大貨車慣常以大欺小不打燈號便從旁壓來，電單車手恃才傲物，以為自己走在東望洋的賽道上，游走在大車小車的縫隙間，惹來更多怒吼，別忘記小巴也是煩擾馬路的高手，從不按章扭軚，也從沒先兆地切線，不分紅綠，只辨有落與否。看眼前的天色，誰，有暇？

我還沒用上「欣賞」一詞，只因由將軍澳駛上繞道之前，分岔道上的左線駛向藍田，中線往繞道去，右線順落觀塘道，如兩邊各有車輛正走在錯的線道上，便得切回正途，於是走對了路的我更要一眼關七，前後左右皆有高手，冷不防發生碰撞，癱瘓交通，也癱瘓了許多人回家的路。香港啊！全球著名的交通大城，致命意外雖有，卻不算多，然而一樁小意外，就足以整垮一區，甚至幾區的行車網路。我可不想因為「欣賞」火燒雲美景，當上阻礙交通的元兇。

同事說：「看車！」她幫忙四顧左右兩路，我全神貫注前方。星期五的交通比其他日子更多擾攘，好不容易過了分岔口，駛上繞道越過麗港城，奔馳在沿海的大直路上，迎來一個維多利亞港的夕陽。在此，以下幾句，我是寫了又寫的，這一幕豔遇藏在心中好幾年了，一直都找不到時機，當下決意執筆，然行文至此，心中琢磨良久，考慮用字，思量詞句，挖空心思，便記起了友人一句話：「可以修飾的，才修飾。強行修飾的，是掩飾。」故我只好把當時第一個又最直接的反應告諸各位夕陽愛好者——「嘩！好靚！有冇搞錯？靚成咁！我從來都冇見過！」

同事給我一張驚訝的鬼臉，不是因為眼前的豔麗火球，而是我過分誇張的喜悅。她聳肩冷笑，淡定地指着郵輪碼頭的方向，說：「如天氣好，這畫面經常出現，好天的日子，坐巴士回家時，一定看得見。你每天駕車，沒可能未見過！」

忽然，連續三四輛趕路的快車從旁掠過，他們該是嫌我阻路。我看着他們超車、切線、再超，彷彿看見日常的自己。繞道限速八十公里，過了九龍灣工業區MEGA BOX後限速七十公里，直到大老山隧道，或左線分岔走太子道東，都是七十。但那刻我故意減慢車速至六十五公里。為的，就是這個夕陽，這個同事常見而我首見的夕陽。讀中文的人，必記得起〈始得西山宴遊記〉吧！我正有柳宗元老師的那種神為之奪的驚喜。

再說棒形圖的聯想，就正由這次「始得」而起。向來行車，以快為先，也會切線超車再切線，在限速之上時有超速，提防的不只是跟我競賽的對手，而是哪邊有超速相機？哪裏有警方「死光槍」？哪條路上有「隱形戰車」？覺悟後，我懂得苦笑自嘲了：「當行車要顧及的事情愈多，愈是容易忘記眼前有這麼一個世界級日落美景，每天同一時間靜候知音人。」幸運的是，由那天始得起，每逢駛上繞道，我都甘願當個知音同好，甚至當上迷戀者。看啊！夕陽西沉，正沉向土瓜灣一帶的大廈建築群之間，那跟我喜歡看的棒形圖有何關係？想像一下吧！當你在繞道上行駛時，觀塘海濱和郵輪碼頭的後方正是一大幅舊機場建築工地，暫時——仍是各項工程的前期，故放眼望去，盡是一覽無遺的大景——工廈、私樓、舊樓、商廈、新邨並站在土瓜灣以至油尖旺一帶的土壤上，棒形圖似的高高低低起伏堆疊，新新舊舊組合排列，如一首述說舊城垂垂老矣的流行曲，也叫我想起了梅艷芳的〈夕陽之歌〉。

我說我是知音絕不為過，每當行車至此，必定慢下來，車廂中也播着歌，隨口哼唱，欣賞落日沿着大廈外牆滑下，最後沒入舊城舊廈之中，如果當天輕煙薄雲繚繞，夕陽便在樓房上的半空蝕入紫煙紅霞裏去。倘若空氣質素欠佳，懸浮粒子過多，城市的天空就像給塗上了粉橙色的胭脂，為垂死前化一個豔妝，那又是另一番淒美的感覺，畢竟我正在行進間，邊行車邊閱讀這城粉橙色的今生，竟似在瞻仰遺容。至於入夜前的彩雲和餘暉，則無法再細賞了，車往前走，不快不慢，只可憑個人浪漫的想像，在日落了之後延續，但願天色常晴，這一帶的天空依然炫目。

然而說到底我是擔憂的，替「日落棒形大廈群」的美景擔憂——當啟德用地發展成未來新城之後，這些想像，已經令我不敢想像。未來的啟德發展，必然是金錢堆砌而成的大城市，新式豪宅群，幾萬呎大型商場和休憩用地，大型綜合場館，配合郵輪碼頭，再把交通的任督二脈打通，連結港鐵沙中線和四通八達的地面交通網，打造出金碧輝煌的九龍區新地標，老城日落？擋下了！埋沒了！沒所謂，城市要發展，商廈要出售，樓市要升溫，名店要進駐，霸權要昭示，香港要耀目，粉橙的胭脂亦要一塗再塗。未來，在入夜後，啟德新城市的刺眼燈火，點亮着劃時代的新貴，也亮起一柄最美麗的匕首。

我說我是迷戀者證據確鑿，自此之後，不論晴陰，不分雨霧，也格外留意棒形都市在不同氣候情況的模樣。及後數次，我駕車找尋不同的落腳點，帶了專業相機拍下老城。第一次是觀塘海濱公園，第二次是啟德工地外圍，第三次是啟德工地心臟地帶，臨海，維港、紅磡、土瓜灣在水平視角上連成一線盡收眼底。猶記得第二次拍攝是欲罷不能的，不理工地看更勸喻，爬上工地專用的防撞欄，攀越鐵絲網，舉起裝上長鏡頭的相機，瞄準夕陽，對焦大廈群，拍下十幾張，快閃！第三次更瘋狂，趁看更不覺，闖進工地，直進地盤盡頭的臨海停泊處，通常是給工程公司車輛停泊的，我懶理了，完成一直想拍的主題，主題的名字是「藍天下的沉城」。我想說，在這經濟氣候下，城市正在發展的同時，亦正在陸沉。那麼下一個拍攝計劃是甚麼？我因着迷而瘋癲，腦海翻滾着一個念頭，在繞道上駛到合適的位置時亮起壞車燈號，然後靠邊停，下車，定好腳架，裝上相機，在交通警未到之前，在這條高架的快速公路上，玩命式的拍拍拍拍拍！諸位好友，我知你想跟我說：「不如送你一部航拍機？如何？」

當許多人說哪國家哪地方的日落很美，愛琴海聖托里尼島的夕陽浪漫，日本沖繩的夕陽開懷，南法普羅旺斯的夕陽醉人，但我仍得堅持屬於我們的舊城夕陽，實屬世界文化遺產級別，當聖托里尼、沖繩和普羅旺斯極力保護屬於他們的夕陽之際，我城這片不知誰懂得的夕陽之地，不過數年，將成絕響。

賣鯇魚尾

梁璇筠

「一物治一物，糯米治木蝨」，「Miss，你在說甚麼？」說的是有一次在課堂中，為了形容兩位「不是冤家不聚頭」的同學，時而「糖黐豆」時而「水溝油」又能互相牽制的現象，我便用了這個形容詞。同學們都瞪大好奇的眼睛。我很享受這樣的眼睛盛宴。

從前，當媽媽說：「好邋遢呀呢度，要注意乾淨。」我也會瞪大這樣好奇的眼睛。「邋遢」是甚麼呢？邋遢邋遢——聽下去像一個好特別的東非地方。後來我才知道「邋遢」的意思。媽媽又說：「要儲錢呀，儲錢是好習慣，使錢容易儲錢難，唔好洗腳唔抹腳。」那時我並不知道，所謂「洗腳唔抹腳」即邋遢和儲蓄的關係。媽媽還會說：「這樣山旮旯的鬼地方。」現在山旮旯這幾個有趣的字，好像也在一些年輕人中流行起來，我的一個學生，經營了一間食肆，招牌為「旮旯」，竟然還是賣日本菜的。還有這一句「上面蒸鬆糕，下面賣涼粉」比喻天氣寒冷的時候，女士們為了「抵冷貪瀟湘」，上衣厚重，下身卻露出一雙美腿；這樣的穿衣風格被評為：「上面蒸鬆糕，下面賣涼粉」，鬆糕和涼粉現在已不大流行，但是這樣的形容貼切而生動，真是太好玩了。

關於有趣的語言，我想是各家各戶也會有自己的創作，就好像家父，勸勉我們必須辛勤向學努力向上，「如果唔係，就會好像，木木獨獨行路大結局」。我對那些奮發向上耳熟能詳的道理，深感厭煩，但是這無端生出來的一個人，「木木獨獨」，彷彿一條直線的直走到人生的大結局，卻有很深的印象。後來還在想，人生中哪怕是一點波瀾，一點堅持，一種執拗，然後是必然的遇到挫折，也總比記憶中那個「木頭人」好。

廣東話或者粵語的地道說法、俗語和歇後語，就像使得每一個字都像迷宮似的，精微而刁鑽。但那是快樂的遊戲迷宮，講者固然痛快，打的比喻準確抵死、擲地有聲；聽者婉轉意會後，很多時也是哭笑不得，一唱一和之間，大家都在說故事，對話變得非常精彩有趣。反觀現在，一個字的形容詞非常流行，例如形容一個人很厲害，從前可能會說「很把炮」，現在就是「很勁」。形容一個人沒甚大志，或評「頹喪」的狀態，就直接用一個字「頹」，我們還會說「好爽好癲好絕好誇」等等。「一個字的形容詞」雖是反映當代日常「快狠準」的文化特徵，與從前的話比較起來，卻不免味同嚼蠟。

大學的時候，上文藝創作課，當時樊善標教授為了使我們在作品中寫好對話，安排了一個課堂活動。他請我們出去校園走一走，嘗試觀察或者偷聽一下其他人的對話。於是我走到附近的宿舍，坐在大堂的沙發上，靜靜地聆聽當時的一個清潔阿姐與管理員叔叔的對話。他說：「這真是啱啱遇着剛剛……」然後又說：「他呢真是好醒，入水能游，出水能跳……」當然另外還是說了一些話。這真是一個好的教學活動，我們有時會說「咁啱得咁橋」，但是我沒有聽過「啱啱遇着剛剛」，在清潔阿姐口中的這個詞，竟有種「三及第文學」的情韻。後來我發現，「入水能游，出水能跳」這個形容詞，原來是二十世紀的文壇巨人錢鍾書的母親稱讚媳婦楊絳的話呢。錢鍾書的母親誇楊絳先生：「筆桿搖得，鍋鏟握得，在家甚麼粗活都幹，真是上得廳堂，下得廚房，入水能游，出水能跳，鍾書痴人痴福。」印象中經典粵語殘片《危樓春曉》也曾經出現這樣的一句對白，應該是紫羅蓮講的。

最近重讀李婉薇博士的《清末民初的粵語書寫》，引述梁啟超在一九〇二年《新民叢報》所說：「俗語文體之流行，文學進化之一徵也。」他認為改良通俗文藝就能改良社會，舉了一些粵謳作例。粵謳是清中葉興起的民間唱說文藝，又名解心。鄭振鐸指粵謳「好語如珠，即不懂粵語者讀之，也為之神移」。這裏偶拾一句：「奸仔似虛花，盛極終須無結果，好人如夜月，缺時究竟有團圓。」真是人情練達、見得世面之語。可見以一地方言移風易俗，可有神效。

口語本來是口耳相傳、隨風而逝的聲音，要轉化為書面語，才能更準確的傳承和確認。黃碧雲的《烈佬傳》，以大量的粵語入小說，後得到文學界的肯定，也可謂絕無僅有。「紅樓夢獎」決審曾說把世界華文長篇小說獎首獎頒給《烈佬傳》的原因，是這部小說的匠心獨運，「將粵語口語精深提煉為平實、結實、表現力內斂的文學語言，從敘述層面賦予不識字的口述者身分和尊嚴。」而在黃碧雲的獲獎感言中，她回應審議報告，指出此書獲獎最大的意義，不只是語言而是題材。也許這樣的題材，這樣的關懷，也必須得用粵語，也是小說主人翁的口語，才能表達他的狀態、他的生存處境。

為免日後，即使是同代人都會變得「雞同鴨講」，為了增添我們語言的豐富趣味，我仍是很樂意跟我的學生偶然說說這些廣東話俗語，無意之間，也能開拓彼此的想像力呢！常言道語言是非常接地氣的東西，願我們廣東話生動活潑的一面能夠保存下來。

《時代雜誌》說：「每一分鐘，這個世界上就會有一種語言消失。」這已經是我十年前看的句子。我們的文明走得飛快，世界的幾個核心權力迅速統一靠攏，各方面的霸權甚囂塵上，有多少人在時代的浪尖上，還記得鄉下世世代代家門前的一灣河水，山下樹前老嬷嬷和我們講的話。但是霸權也許不能把靈性消耗殆盡，曾經參觀台灣的原住民博物館，他們把原住民的兒童故事和聲帶都好好地保存下來了，讓這些文化記憶可以留存下去。曾經被日本政府禁止使用的琉球方言在沖繩已經失傳了，卻在美國的一些日本人聚居的地方仍然流傳。

學校裏時有這樣的紛爭，有一些土生土長的香港學生會取笑新移民同學，笑他們的廣東話不純正，笑他們的用語太土。其實鄉音是甚麼呢？那是「兒童相見不相識，笑問客從何處來」的滄桑，必須經過歲月的洗禮。即使在一個還是非常年青的軀體上，他的鄉音，標誌着他來自的地方。而故鄉，故鄉啊，總是一個美麗幸福的所在。有一天，當我們刻意或迫不得已離鄉別井的時候，又或者所處之地，陌生到認不出來的時候，我們口吐出來的語言，仍然像一顆顆珍珠，長藏在海洋的寶盒裏面，靜靜地等待有心人發現，又或者，消失在大海之中。

當木棉樹花不再開

莊俊輝

戊戌年的初春，隔着窗櫺都能感受地熱的蒸騰。

去年初春，窩打老道的木棉樹還是如舊的據地力爭，在斗寸的石屎下橫生樹根，向開闊的晴空張牙舞爪。她不理途人只顧腳下的人生，也不躲避霧春灑下的雨粉。

上世紀，木棉花多了「英雄花」的雅號，因為她開得嬌翠欲滴、豔麗中又不帶媚俗；高眺的軀幹活像上海姑娘穿上旗袍的姿態，花葩的顏色如手指頭上繁星散佈的甲油，活現當代女性硬朗的風骨。她想把僅存在體內的「青春」爆發出來，懶理是桃紅豔色、橘黃沫色，為的仍是想吸引故鄉——印度王子的垂注。

公元前二世紀，她從原產地印度移居到華南、香港。自南越國國王趙佗時起，她已喬裝成華夏子民，因着其美姿早被冠上廣州市市花的美譽，以滿樹紅花似烽光而勝出。

對，她早已植根香港，漸漸忘卻故鄉的語言和氣息。夜裏她不再有夢，因華夏典籍告訴她襄王無夢。

尋夢的可能都被抹去，她也失去裝扮的力氣。

每年二至三月，忙於執紙皮的佝僂老婆婆都會把工作暫時擱下，認真地把掉在窩打老道兩旁的木棉花珍而重之地拾起，插入鐵絲網的空格上風乾。

這兩年，老婆婆俯身的次數少了，鐵絲網空格上桃紅橙紅的花朵都少了；春天提早綠葉成蔭；十二月夾雜秋天的清涼，枝葉開始蕭瑟零落；冬天……早已沒有冬天了。

這年的初春，天文台報道：「隨着偏東氣流緩和，二月廿八日天氣轉為溫暖及有陽光，氣溫上升至二十八度。」木棉樹終於認清身份，他已不是甚麼公主、皇妃，打扮得再如何花枝招展也沒用；他換上墨綠的襯衫，展現硬朗的一面，在光禿的椏枝上生出片片綠葉，花不再開。

張曉風說：「所有開花的樹看來都該是女性的，只有木棉花是男性的。」不想認同，終究認同。

植字

陳志堅

許多年後仍可嗅到藥水的氣味，嚓嚓聲響在耳窩的迴聲不曉得是執拗，還是慣性，這個闃寂的下午仍無法閒得住，媽把二十三年前逐字逐句植字而來的書本翻了又翻，似乎正在為過去頁碼錯亂的記憶尋找註腳。

在我出生前，聽説家裏有個房間老早分別出來，牆壁全以隔音板鋪貼，白色凹凸坑紋牆紙後藏黃色隔音棉，兄姊瞎摸了一會竟抽出一股鬱悶與空靈，房間內端着兩台照相植字機，一張辦公桌，棕色木椅，舊式冷氣機，沒有一絲陽光透入，媽竟在裏頭工作，一晃就是十九個年頭。

媽原來當國文老師，但教書的日子多、少樂趣。後來爸在一次拍賣會中投得Morisawa MC-6型號照相植字機，媽從此轉型當植字工，她的安分養活了我們三姊弟。爸媽正好合拍，爸四圍跑生意，媽老實地植字，那日子每逢聽見嚓嚓聲，我們姊弟都很懂事，自動打消睡意，做課業把玩棋，從晨曦氤氳鑿鑿直至暮色神迷入眩，童穉的歲月是這樣靜悄地流淌着經過。

怎樣的記憶終將形成怎樣的騷動，想像從前媽在房間內植字，她熟練地在鐵盤更換玻璃字塊，字體倒裝卻不礙事，反之從容地推盤，按動桿子，植字影相，如此，方塊字印在咪紙上，媽把咪紙筒取出，帶進黑房。黑房是我家廁所。記憶中和媽進黑房看沖曬咪紙是個獎勵，媽用厚大的膠鋏將咪紙自顯影藥水取出，放在定影藥水膠盆，沖浸一刻後用衣夾懸掛，窗櫺一開，風從窗入，吹乾。媽指教我們調校藥水的份量，過濃字混淆，過淡字褪色，在不濃不淡之際，有次，姊打翻了藥水盆，藥水沾得衣履黏貼手臂，黏得以為從此永不分離，我們喊媽，聲音好淒厲，媽和爸趕快脫掉姊那濕漉漉的外衣，姊的身體用清水洗了很多趟。許多年後，偶爾雨水打落身上沾得一身濕濡，藥水的氣味彷彿仍舊嗆鼻，沒有飄散，是過度驚恐而來的後遺，還是故意不忘那膩人的從前與記憶，就像船夫在暗夜的渡頭撐一槳船至黑稠的海裏，竟無法分辨彼岸到底是陌生的光暈，還是四野的螢在沒有軌跡的瞬間漫天飛舞。

窗沿外瞥見晾衣竹橫豎，竹竿頭兩隻白鴿在點頭，燠熱的盛夏沒有冷氣，風尤其乾烈。咪紙曬乾，自衣夾取下，疊好，媽將一疊咪紙套進牛皮公文袋，紮好，交予大姊，叮囑我們小心送稿，我和哥怯生生地跟在姊後，不消一會，路便走得俐落，英皇道曾是平靜開闊的通道，人稀車罕，甚麼時候社會開始過度發酵，形成瑰麗玄黃的都市景象？英皇道自北角走至炮台山七海商業中心大概十分鐘，記憶中《生活與健康》一直在地舖，老闆李欣女士有雙慧眼，於八十年代已曉得精神與血肉較草木榮華來得實際。店舖門面清雅，黃昏時靜沐夕暉，老闆收穫來稿，總常讚許我們三姊弟本領，有時想起當年小學之齡已在「家業」中有份，雖不懂禮數，卻像一趟時光逆旅，如在童騃的日子中尋找細藝。

幸得媽的一雙巧手，每次我們取回稿件，媽就在咪紙上修改。如果某個字打錯了，媽用鎅刀在錯字四方鎅劃，然後用拇指按着刀片剔起錯字，在新造字上塗上白膠漿，貼在原位更正。有時整道句子誤了，媽索性剔起全句，重新排位，張貼。直至初中，我叨絮要做這種工夫，於是，每次煞有介事般把餐枱清空，眸光凝定，左黏右貼，可是到底敏鋭不足，媽常要搪塞某些原委打發我，然而記憶中一次媽看漏了眼，編輯校稿又分神，書刊印出來某個字貼歪了，我看見後不知慌了多少個良夜。

就在這種暌違日久的歲月裏，我常常發現家裏的書架上，不知何時又添了本新書。想起來有些怔忡，亦懊悔幼時的膚淺，有些日子爸常帶着一位先生到家洽談，先生溫文儒雅，樣貌祥和，架着黑框方正眼鏡，老老實實，先生幾趟摸摸我頭，着我多看中文書，將來有益。後來大抵混熟了，先生多親自來訪，在公文袋中取出手稿，告訴媽怎樣植字，如何要求，媽溫婉地稱是，先生和媽都是文人氣度。有天，爸媽和先生一同趕茶館喝茶，我貪要外出，跟着一塊兒去，豈料先生送我他的新書——《童年的我》。現在回想，怎曉得幼時斜頭歪腦，忘了諦聽先生講話，不是別的，他是香港兒童文學大家何紫先生。嚓嚓植字聲仍舊鏗鏘，如果手稿仍在，甚或拈及更多熟悉的光影，或輕敲流動的印象，似乎回憶的氣味或許帶來更多蟄伏在隱處的情調與悸動。

後來，媽繼續替各間出版社植字。那天大年初一，家裏添了蝴蝶蘭，爸四圍貼了祝福聯，的確喜氣洋溢。本以為賴床至大清早，耳畔卻是嚓嚓植字聲響，一股藥水氣味滲入，我趕忙推開房間門，媽竟全神貫注地在植字，只命我們不要打擾，年還是這樣過。那天，我們姊弟都不敢過度高漲，聲情都如一碧無垠的浪潮，免得海岸受了侵蝕形成缺口，徒添迷霧。後來，有天待至蝴蝶蘭灼華開落，家裏陸續收起紅紙，媽才真箇打好全書。書本出版後寄至家裏，書面淡綠色，書名《豐子愷畫筆下的魯迅小說選》(中英對譯版)，它至今一直擱在我家書架的當眼位置，在索漠的光景裏，或可以用來回溯曾有過這樣百味雜陳的生活境況。

風過水無痕，家裏十九年的植字公司結業了。儘管任我們如何擠壓記憶，似是再無法輕易擠出瘖瘵的片刻。然而，在具象與虛無的生活裏，只要嚓嚓聲與藥水味再次交織，不是夢囈，卻如勺子搠酒，搠出醇香的從前與往昔，無端又成為我們的縈繞與想像。

天水一方

陳思諭

我住在九龍已有很長一段日子，對天水圍卻念念不忘，甚至想過：若老年能在那裏生活就更好了。

一說起天水圍，不少人便談及它是一座「悲情城市」。何以「悲」呢？失業率高便是悲？離婚率高便是悲？貧窮人口高便是悲？常有倫常慘劇發生便是悲？但難道香港其他地區就沒有出現這些情況了嗎？抑或是這座「悲情城市」是香港的縮影？其實香港各處是否都上演着這樣的劇情呢？

香港確實是一座繁華的城市，街道上每天車水馬龍，人群熙來攘往，無數的步伐隨着日出而加快，日落便是匆匆歸家，說白了，就是香港人為了生計，沒日沒夜地工作。香港幾乎每天都陷入了喧鬧之中，一切都沸沸揚揚的。而雨天便是很好的調劑品。我愛雨天，更愛雨天中的香港，下着雨的香港像一隻奔波終日終於可以歇息的獸，只要細心聆聽，這獸的鼻鼾聲響得震耳呢。有時在想，不如放下買樓的重擔，放下內心的包袱，把一切的繁瑣暫時交給雨天。你聽，雨聲蓋過一切的喧囂，下着雨的香港反而多了一份寧靜，人們都專注在雨滴上，專注在衣服有沒有被雨珠打濕上，專注在尋找便利商店的雨傘上。這座城的沸沸揚揚，都被拋諸腦後，我們此刻擁有雨聲。

我算常去天水圍吧，一年四季，共去四趟。農曆春節，炎熱夏天，涼涼秋意，還有濕氣濃厚的冬季，我便在這些日子乘坐巴士探望爺爺奶奶。由九龍到天水圍，行程大概要一個多小時，我是樂透的了。一上車，我便坐在靠窗的位置上，一覽沿途的風景，像是能看見甚麼奇珍異寶似的。當然，一路上是沒有讓人失望的。九龍的人口密度高是無容置疑的，人與人之間摩肩接踵在所難免。高樓大廈的倦態倒是明顯得很，牆壁大多斑駁連連，掉色的廣告牌，生鏽的鐵鍊，似乎已延伸到馬路的中間。人的臉上總鑲嵌着一張謹慎的臉龐。車子穿過第一條隧道後，高架橋確實是讓人不得不驚呼一番，遠眺窗外，雖談不上杜甫筆下的「不盡長江滾滾來」，但霧氣繚繞海面，偶有幾艘貨船行駛於海上，頗有一種《三國演義》草船借箭之景。

當巴士駛進天水圍的聚星樓時，周遭忽然變得安靜了下來。眼前的天水圍給人一種舒適的感覺，忽爾一切都變得有活力，彷彿煥然一新，清新得很。兩旁蒼翠欲滴的大樹，鬱鬱葱葱的，小花、小草優哉游哉地隨風擺動，陽光親吻它們的臉頰。街道上行人稀少，稀稀疏疏。只有一排又一排的自行車依偎在馬路兩旁的欄杆上，擺放得算整齊和有秩序，自行車大小不一，款式更是琳瑯滿目。寬敞的街道上，只是偶然一家三口經過，小孩騎着自行車，三輪的。

天水圍有一個必去的地標，那就是濕地公園。濕地公園建成後，對於天水圍的市民來說，可謂是一件盛事，不少人都到濕地公園參觀，當然包括住在天水圍的爺爺奶奶。讀中學的時候，特別是爺爺，總是說要帶我到濕地公園玩玩，說那裏有一條很大的鱷魚。我是奔着一睹鱷魚的風姿答應爺爺的，便在某年酷暑和爺爺奶奶一同前往濕地公園。但最終，我還是沒有看到鱷魚貝貝的蹤影，導賞員説天氣太炎熱，貝貝便留在室內，暫時不能供大家觀賞。時至今日，我仍沒有看過貝貝真正的樣子，牠還在公園內生活嗎？住在天水圍的孩童們都看過貝貝了嗎？我想起小時候在鄉下看過馬戲團的動物們，吃香蕉的猴子，跳火圈的黑狗，會説話的鸚鵡……我那時還小，看到行為如人一般的猴子是樂翻了，嚷着拍手叫好，嚷着叫黑狗繼續跳火圈。回憶起來，跳火圈的畫面倒是變得模糊，可我聽見猴子的腳鐐聲，夾雜在吵鬧的歡呼聲中，猴子退了幾步，我的腦海竟落下猴子誠惶誠恐的眼神盯住了我。後來我知道，原來鱷魚貝貝在元朗郊外出沒時被發現的，無家可歸，便在香港濕地公園成立了貝貝之家。

我的爺爺奶奶生活在一起，他們在天水圍落根，但子女都沒有在身旁照顧。他們原本和子女同住的，後來由於種種原因，兩老自力更生，另起爐灶，住在了窄小的公共屋邨裏。大兒子拋棄妻子後再娶，終日為三餐奔波，養老的工作就自然而然交給了其他兄弟姐妹。二女兒的家主要安置在內地的鄉下，幾年前在香港工作，幾年後，攢夠了錢便回鄉下買房買車，那時她是在爺爺奶奶家住的，她早出晚歸，生活的事全交給了爺爺奶奶，沒怎麼肩負照顧兩老的責任，這個我是從爺爺的嘴邊聽到的。

爺爺奶奶的家沒有豪華裝潢，但五臟俱全。而且，這邊的生活和九龍的人文習慣有細微的不同。爺爺奶奶的鐵門是關上的，但木門是敞開的，別人經過時，還是能看到屋子裏面的情況。我問他們為甚麼不把門緊緊關上，避免有任何的危險。奶奶便答道：「我住在天水圍這麼多年，我都是把木門打開的，一來通風，二是不會有壞人的。」她還提到剛住這裏不久，便了解清楚周遭不同的住戶。「對面家住的也是一對老人家，我們偶爾也會一起到樓下下象棋。旁邊的是一家三口，年輕的夫婦，兒子很小的，大概是小學二年級……我很快就認識了都是講客家話的老人家，我有空就到樓下的公園坐坐，還有不少的老人家呢……」「昨天還有義工上門來探望我們呢。」奶奶說起義工幫他們如何打掃衛生時，眉飛色舞。

爺爺倒是不太喜歡到樓下的公園坐，他喜歡每天早上到便利商店買一份《蘋果日報》，讀起報紙來，然後便自個兒沖起奶茶，紅茶包和牛奶混合而成，便成了爺爺口中香醇可口的奶茶，爺爺還說：「你們應該學我，根本不用到外面買奶茶，又貴，你看，這紅茶包和牛奶湊在一塊不就成了一杯奶茶了！」一會兒，他鼻樑上架着金絲眼鏡，讀起報來確實顯得神采飛揚，架勢十足。若不是爺爺生不逢時，或許現在是一名教授呢。他品着這杯熱氣騰騰的奶茶，說着：「香！」

爺爺奶奶家後方有一塊地，原來是一片耕種的地，政府特意安排給這邨的居民耕種的，名額三十，爺爺抽到，擁有權三個月。我這九龍人是羨慕不來的。我說，就三個月，還是別耕種吧，省點力氣，三個月種不了甚麼的。奶奶說：「怕甚麼，三個月也挺不錯的。」奶奶有點耕作經驗，說種空心菜不但容易，而且收成多。於是這三個月裏，他們由開始鬆土，種空心菜，澆水，除草，從沒有到一小片的綠油油的空心菜，確實收穫不俗。記得那回探望他們，奶奶便急着帶我去摘空心菜，「孫女，走，我們摘菜去，你帶點回家。」那一幕，我確實難忘，奶奶一邊摘菜，一邊誇這菜長得真綠，奶奶讓我吃上本地菜，而且是他們兩老親手種的。

天水圍，把這名字拆開來看，應該是頗有意境的妙思。天水圍，原是一條圍村，天和水把它圍在一塊。不如想想這個畫面，黃昏將至，春風拂來，江邊泛起漣漪，芒草搖曳，前方萬家燈火，天一方，水一方，何悲之有？

童夢記趣　情留小島

陳得南

童年的記憶特別深刻，每每想起，仍饒有趣味。珍藏的回憶或許已有些模糊，站在記憶沙漏的樽頸，實在不忍這些記憶慢慢褪去，努力拼湊，希望能找回散失在腦海中的往事。要尋回事情的來龍去脈可不容易，小心翼翼，夾起細碎的片段，重組情節；又透過蛛絲馬跡，抽絲剝繭，放大自己僅餘的記憶，然後逐小逐塊，加以重組。

遠離繁囂　水波浩渺

小時候沒有今天孩子般多樣的活動，能夠跟爸爸媽媽去一趟長洲，探望公公婆婆已經是比較深刻難忘的課外活動了。那時，不喜歡舟車勞頓，常幻想有一天，可以有一條類似今天的港珠澳大橋連接起長洲與香港，那就不用擠巴士、逼地鐵、搖渡輪了。船程雖慢，卻有美好景致。「民」字輩的油麻地渡輪沿港島西行，經過青洲，進入西博寮海峽，沿途不時有駛往澳門的噴射船奔馳而過，劃下清晰的航道。拉下窗，海風徐來，帶點鹹腥味，行經不知名的島嶼，遠看海天一色，敞開了你的視野與胸懷。輪船漸行漸遠，進入寧靜的國度，一直見到浮標，看到盡掛旌旗的漁船擠滿避風港，你就知道目的地已到了。

街頭即景　歲月靜好

到達碼頭，歡迎你蒞臨長洲的仍是螢光斑斕的花牌。花牌是長洲的流動資訊平台，大凡島上大大小小的事均羅列其上，無論是新店開張、社區通訊還是某家壽宴，以及各類聯誼活動，應有盡有，聯繫着長洲居民的生活以及小社區內的人情味，一直沒有變改。漫步前行，你會聽到駁艇的引擎聲，沿着海旁，行人如鯽，出租單車排列整齊，待命出發；露天座的海鮮食肆鋪上紅白或綠白格子的枱布，餐牌琳琅，任君選擇。印象中的鹹魚腥味未有撲鼻而至，眼前亦見不到放着晾曬蝦乾的筲箕，或者擺滿自家品牌蝦膏的鐵架，童年的感覺似近還遠，是熟悉卻又陌生。穿過內街，街坊會、同鄉會似如往昔，天花掛着轉扇，地板是白綠相間的階磚，配上二樓陽台的半圓圖案，十年如一日。而那些老字號，仍是舊式的拉閘，屋簷伸出捲軸的帳篷，偶爾還傳來收音機播放的歌曲，讓人倍感親切，一切依舊，寧靜恬淡。隔壁的小店裝潢新簇，充滿異國風情，半私人的空間展現個性，活力時尚，營造了那個角落的氛圍，切合年輕人的口味。

重溫舊夢　燕子樓空

轉入公公與婆婆曾經的住處，是東堤新邨的平房。記得每次上樓總會經過地下的士多店，店東姨姨見到我跟弟弟就會熱情地從冰箱裏取出兩枝紅豆冰雪條，她那慈祥的笑容我至今仍不忘。每逢夏天，最愛赤着腳，手持雪條走在婆婆家中綠色花紋的雲石地板，那感覺份外涼快。然後就會跳上沙發，細看掛在牆上的老照片。照片經年，略呈泛黃，包括父母在長海酒樓合巹碰杯的時刻，也有很多姨媽舅父年輕的珍貴舊照。婆婆總會在旁以學佬話細數往事，解釋人物關係，我每次都細心聆聽，似懂非懂。如今舊地重遊，公公婆婆早已離開我們多年。記得露台屋角曾有燕子棲身，如今物是人非，房子亦已易手留空，空餘樓中燕，不時傳來索食的吱吱聲。

民風純樸　閒適淡泊

婆婆家對開有一塊空地，旁邊的斜坡就有幾棵老樹盤根。附近的睦鄰關係良好，外戶不閉，周邊的孩子都喜歡在此處玩公仔紙或捉迷藏。我身處二樓，樓下情形自然盡收眼底。最記得樹旁的一方土地廟，路過時，公公總會叫我「拜拜」，以示對神明的虔敬，可在捉迷藏的時候卻化身成藏匿熱點。這土地神不但庇佑了東堤居民的福祉，更保護了那些「藏匿者」的平安。這些片段，想起來，既裝飾了當時的窗子，亦裝飾了兒時的夢。樓前空地不只吸引小孩，同時亦是乘涼的好去處。幾位梳着髻的嬸嬸總喜歡搬來竹椅，搧着葵扇，聚首樹蔭之下。我的婆婆好客熱情，經常跟幾位閒話家常，有時還會為大家準備鹹茶。婆婆會先擂細茶葉，再放入芝麻，然後將剛煮沸的開水沖入，再將熟花生、炒米等材料泡入鹹茶中。鹹茶的具體味道我已不太記得，只知道花生很香，喝下鹹茶時很有質感，需要咀嚼才可吞嚥。我小時候長得比較黑實，臉龐圓潤，又不怕陌生人，很喜歡跟婆婆與街坊街里聊天，有時會靜坐一旁聽他們述說有關北帝廟內宋朝鐵鑄古劍及清朝金木雕的故事，又會聽他們細數幾個強大颱風襲港的事跡。小時候的我懵懵懂懂，不明白風災對漁民的意義，懂事後才知道，那是他們的夢魘，是他們不能磨滅的記憶。

長灘足印　歲月留痕

離開故居，走到我們常到的東灣海灘。那時，我跟弟弟堆堆沙，看藍天，你追我逐，好不愜意。我們曾試過把整雙腳也插入沙堆，活埋整個腳踝，加些海水，試圖加固，以為可弄一條隧道，可只要把腳輕輕一伸，整個沙丘就頓時坍塌下來。前功盡廢，只好從頭再來。沙灘不時會發現海上飄來的木塊、發泡膠、人字拖等等，偶爾也有些玻璃碎，自己需要小心找尋一處較為乾淨的地方才敢落腳。海面近岸多是滑浪風帆，健兒用力搖晃桅杆，乘風而行。遠處隱約可見，南丫島發電廠的三支煙囱，飄出縷縷輕煙。有時無聊之至，閒坐聽海，幻想輕煙所到之處，配以岸邊層層浪花的節奏，起伏有致，竟可呆望出神。如今，沙灘已變得水清沙幼，大可赤腳而行，拔足狂奔。海水捲起浪花，直沖岸上，狂奔留下的足印似被沖刷撫平，其實，只要不經意的撩動，幕幕走過的足跡又會再次浮現腦海。往日的點滴，看似已經過去，其實一切都不會過去。

久別重逢　傳統共融

重回故地，只為回味往昔，追憶存留心中的那份情味。刻意撿起歷史的碎片，尋找當年的雪泥鴻爪，卻發現景色已變。往事如煙，童年時的情景早已不復存在，熟悉的味道亦難以復再，不過新未必不如舊，新舊交融或能散發獨有的味道。長洲積存了大量歷史底蘊及人文精神，再靠着長洲人守護傳統的執着，保留了珍貴的民間風俗。縱使科技發展往往為舊社區帶來衝擊，但新的刺激同時也能煥發創意與潛力。離開小島前，我看到發起招聚街坊分享地攤的廣告，這種資源共享的方式，社區耕耘的動力不正是以往長洲睦鄰關係的延續嗎？我從舊日的長洲走來，再匍匐今日的社區，期盼着新與舊的共融。斜陽映照，萬頃碧波，海邊漁歌不再，但新的長洲人正以自己的方式守護小島原來的靈魂。感謝長洲給我美好的童年，期待下次再來，發現更多傳統與現代醞釀而成的醇厚與芳香。

家長日

陳穎怡

(一)

第一年當教師，記得其中頗具挑戰性的「任務」是見家長。那時臉皮太薄，半帶驚怯猜想，會有出其不意的詰問、難以應付的場面嗎？入行以來，猶幸尚有一句「也無風雨也無晴」。

有趣的事情還是有的。在某所私立學校任職的時候，所有老師都在禮堂或大活動室與家長會面。禮堂排出四行桌椅，班房就以一桌兩椅暫代，家長憑那張貼在門口的位置圖，辨認班別據點，慢慢坐談。

後來稍具年資的解說，如此安排緣於某年曾有同事被家長猛烈抨擊，據聞其時同事孤軍作戰，委屈受辱，於是為免案件重演，同事與家長扭作一團爆發混戰，校方統一戰線，發揚同儕守望精神。副校與主任級人馬充當大軍司令，列座於禮堂大舞台，一壺數杯，茶香瀉溢，頗有兵臨城下、談笑自若的儒將風尚。同事見統帥壓陣，猶如苦海燈塔，頃刻耳畔奏起戰樂，連光線亦悠揚慷慨。禮堂大門即將大開——眾將士領命，人人戰意高昂，蓄勢待發。

這種陣法令會面別具一番新鮮意象，老師與家長面談時，鄰班的小型會議亦同時響起。此起彼落，此消彼長，惟幸兩不相干，而各人聲線抑與揚、音波浮與沉推送於咫尺之間。誰說人類智慧遜於人工智能？聲音就能根據環境空間、話語對象自動調節。就是空檔時間，扯起耳朵也只是「聽句不聞字」。各種聲音交錯匯合而不明其意，像空中形成的高速音軌。氣氛與狀態說作戰又欠嚴峻，只令人聯想到「去情緒」的機器世界。

當了多年班主任，突然很想知道，家長和學生究竟是帶着怎樣的心情出席家長日，每個人的心事合起來應該會是一部短篇故事集吧。會感到好奇，彷彿我不曾經歷，就給空降到教師這個身分，大概是在這個位置待得太久，心情在一個冰點凝結了。

我嘗試把這些回憶解凍，組成一個清晰的脈絡。事情大概要從 once upon a time 的小學時期說起……

（二）

小學一年級的印象較為依稀，可我還是記得我的班主任竟然就是入學面試見過的「漂亮公主女老師」。她長得像電視劇女主角，而童年的我對女生最美的褒揚就是「像公主」，便為她創立名號若此。那年我犯過幾次事，例如在上課時聊天（被勸多次最後被罰站到課室外面那種健談程度）、將自己畫的書籤賣給同學（高價五元一張）、在功課塗鴉（我記得自己最喜歡在題目旁邊畫小青蛙、電影角色「小魔怪」，還為英文作業裏面的 Peter、Mary 等插圖填色畫衣服配件），我就是這樣一個無聊透頂的小屁孩。班主任打過幾次電話給嚴格的母親大人，可那年最後我因為傻乎乎取得全班第三名，來得及在家長日前打個和，嬉皮笑臉的平手離場。

真正感到學校「難搞」應是小三時遇上誨人不倦的老先生，學年初他已三兩天就致電家裏。那不是一般來電，那是將我家變成「申訴專員公署」，是老師來電向家長投訴頑皮學生的專線。因為唸的是上午校，來電往往在下午二時至六時之間（正是老師中場休息後、下班離場前）。這種電話我接過一次，試想像一個天真快樂的小孩，把功課高速做完，像草原上一頭自由奔放的羊，突然接到來電：「喂，請問陳穎怡的家長在嗎？」——情況會是多麼可悲。接過聽筒的母親一邊維持客套知性的語調，一邊僵硬的神情似是拿着「人字拖」怒瞪、準備抽擊蟑螂一樣——我這個天真快樂的屁孩，就是那隻慢吞吞不知死活、呆在半途不懂走避的蟑螂……該說幸或不幸，母親當時並沒有像怪獸家長袒護寶貝女兒或反唇相譏，說甚麼你為何不抓其他調皮學生云云，接到電話以後立刻親自「炮製」，回應效率遠勝一眾高官。

咦！這樣說來其實家校交流不等家長日，這個大家都知道。甚至可以說，電話裏面的交流比慣例的家長日更具針對性。對！或者更準確些，家長日對於愈來愈懂事的我來說，是一場「雙邊高峰會」。

就是小四那年，令我意識到家長日是一場「高峰會議」。還是那位老先生當我的班主任，母親大概以為把女兒調教得宜，沒有犯事，沒有來電，輕輕鬆鬆的去——可家長日時還是發現操行只有「乙」。我深刻記得那個畫面，母親語氣有點冷：「想問她有犯事嗎？」班主任並沒有直接回應，只答：「那是我們一眾老師的決定。」然後應該就繼續簡單報告各科表現吧。母親究竟有沒有追問「一眾老師」的緣由呢？我沒有印象，當然也把自己當年有的沒的頑皮忘記得徹徹底底。班主任的說辭與母親的質疑，像一場慎重的外交斡旋。我記得母親的冷和默然，默然是對含糊其辭的不爽，但真為女兒差強人意的操行感到不值嗎？又不太見得，可以想像而知她當時也拿不準女兒在學校的表現，沒有任何反駁的根據，必定感到無奈。學校往往趁家長日邀請書商舉辦書展，全場文具書本八折，每年母親也讓我打打書釘，心情好的時候更任我選一本喜歡的。可是那年我就默默跟在母親身後，在一片愁雲慘霧中離場。

高峰會議，說的只是氣氛而已，實際上家長只能等待揭盅。當我們說起家長日，對像我母親一樣的家長，或者等如收到自己的成績單，只是孩子有如農田的菜蔬，辛苦耕耘，也未必能得相等的收成；對像我這樣的小屁孩，家長日是最好的寓言故事，重複申述「紙包唔住火」這個道理。

上中學後，人比較自覺，書也唸得不錯。記得每年我對家長日，也帶點微妙的期待，那不只是為了得到老師肯定，也彷彿是對我重要的兩個世界在交匯。不過，好孩子的故事通常欠缺戲劇性，在此不詳敘了。

（三）

家長日一般每年一至兩次，每位家長見面只約十至十五分鐘。家長日前夕，我往往重閱學生成績，把重點事項記下，以便見面環節的交流。但這種事情刻板有其刻板的時候，尤其當重複操作，對學生的描述容易落得跟成績表一樣較平面的說法。於是提醒自己、回憶自己曾經也是個學生，那些童稚的印象會為自己注入能量。老一點說，就更能夠投入對話，而面前臉孔的經歷或困難，恍如昨日，似曾相識。

趁墟

曾筍湲

沉寂多年的墟市，不知何時掀起復古風潮，各個地區紛紛辦起不同形式的夜墟、市集，似乎希望重現舊時的夜墟風景。

我牽着母親的手，說要領她到夜墟去。路途上，我滔滔說着夜市遊走策略，要分頭行事，以最短的路線各自到不同攤檔搜羅目標食物，再找處清靜地享用，位置以靠近垃圾箱為佳。母親頻頻點頭，挽着我的手出發。

或是我年歲漸長，母親開始認同我的能力，又或是母親脾氣隨着歲月沖刷變得溫順，母親總聽從我的看法，如同兒時我依靠母親一樣。

母親鍾愛熱食，大熱天也要吃火鍋。那時正值呵氣如靄的寒冬，每逢星期五、六晚上，母親總會探問道，「要不要到夜墟？」

母親說，不要在墟市剛開始時到場，也不要在臨近收爐時才到，要趕在晚間新聞播放前出門才是絕佳時機，小販有小販的趁墟，我們也有自己所「趁」的時機。自問絕非安於深閨的孩子，卻總不願跨出家的閘門。許是惰性太重，不願挪移半步，只喜歡窩在母親懷內，擁成蓬鬆黏軟的棉花糖。許是仍未習慣路邊不絕的樹影迎上寒風時詭異的搖動。然而，孩子終歸要聽從父母的話，萬般不願下更衣出門，直往新翠商場前的空地去。由家裏到夜墟的路程大概需要一節卡通片廣告的時間，對於四歲的孩子而言，這是漫長而難熬的。稠黑街道上僅見疏落的路燈，暈黃光線下的樹影好像沒那麼駭人。可是，黏膩的孩子對脊樑背後的未知與空洞總有一股莫名的恐懼，路上硬要母親牽着小手，並確保母親立於身後，才能稍稍放下戒備。

夜墟雖非跬步可及，但見遠處燈火通明，煮食的霧氣在冬夜更覺顯明。晚上十時正是夜墟最興旺之時，地攤、木頭車旁均見人潮。木頭車之間沒有多少空位，齷齪的空間並未使饞嘴的食客卻步。其中一處人們簇擁成厚厚的圍牆，若不是炊煙繚繞上升，實在難以找到攤檔的確實位置。人們接續捧着一碗又一碗的熱食，突破人牆，走到相對寬闊的空地享用美食。排隊是香港人最擅長的活動，更是吸引人們光顧的最有效宣傳，縱然尚未清楚這攤車售賣甚麼食物，「排了再說」是最常見的做法。

木頭車上置放了各樣醬料、青葱、竹籤、膠匙，一盞透着暗黃微光的燈泡歪歪斜斜順着銀杆懸掛於車上，錫紙圍板反映着亮藍色的熊熊火光，正好補足了檔內的昏黃燈光，煤氣煮食爐的隆隆聲、剪刀清脆的開合聲和着熬製多時的胡椒濃湯氣味傳遍隊列。

「一碗韮菜豬紅豬腸，多青。」

俏麗阿姨一手執起八寸大腸，唰唰唰唰剪成數份，撈起五方赭紅色的血磚，攫取大把青葱，澆上濃湯，灑落胡椒，點滴麻油，動作利索。接過熱湯，瞥見大小不一的棕色水泡浮於湯上，內圈是一層乳白脂肪，我噘着嘴，眼神游離於遠處販賣麥米甜粥的攤檔。然而，比起過於甜膩的女兒，母親似乎鍾情於即製的豬紅湯，隨即擺擺手着我自己到旁邊的地攤選購物品，那是我最享受的時光。

孩子愛收藏神秘物件，哪怕是一枚瓶蓋、剔透晶瑩的波子、項鍊上掉落的鎖扣、散發香味的橡皮擦、牆上掉落的馬賽克小磚，都是我珍而重之的寶物。地攤上滿是新奇小物，黃銅製望遠鏡掛飾最教我着迷，雖是掛飾，做工卻不馬虎，輕輕扭轉望遠鏡竟可延長，我單起眼眸從望遠鏡鏡片凝看夜墟，繁盛的夜墟蒙上一層薄霧，暗沉昏黃的光暈化開交合，變得夢幻而虛渺。

甫踏進廣獲讚譽的新建市集，我牽着母親，試圖尋找舊時的味道與聲音。卻見眼前所在有別於舊時的木頭車與地攤，新式的墟市，又或稱市集，有着井然整齊的規劃，清潔衛生，木頭車成了裝潢時尚的美食車，美式風格的招牌上掛起五彩豔麗的織網燈泡，大放節拍強勁的流行音樂，地攤高架成帳蓬下的精緻攤位，每件飾品都完美地包裝在透明袋內，孩子在檔主鷹般鋭利眼神下都不敢放肆。因為安全理由，場內不見明火煮食，只有醬汁凝成膏狀的燒肉串橫陳在有形無實的烤架上。

母親噘着嘴，嘟噥着：「怎麼沒有熱湯、小吃……」

唰唰唰唰。

是利索的聲音！我一把抓起母親柔軟的手，奔向闌珊處那冷清的簡樸攤檔。

「一碗韮菜豬紅豬腸，多青。」

夜墟隨着愈漸昏暗的燈泡，木頭車輪子滑過地面的磨擦聲，地攤布幔包裹銅器的匡噹聲，漸次隱沒與消弭。母親一擁抱我，我笨拙的雙手圈在母親的頸項上，母親的呢喃低歌，溫聲細語融化了我，溶成化不開的甜膩糖漿。我倚着母親，告別逐漸熄滅、遠去的墟市。

未完四季

游欣妮

秋

沒有開學日不是特別的，只是這一年格外不同的是我初次單人匹馬當高中班主任。經過一年相處，早知班裏存着許多圈子與暗湧。今年幾個熟悉的學生留級了，換來幾個陌生的臉孔，有些熱情有些冷酷，太多太多的戰戰兢兢無人曉得。野豬大改造計劃暫告一段落，「E班功課班」繼續恒常運作，大部分同學早知我個性，偏偏那剛從隔壁班轉過來我們班的高個子「不知死活」，竟然欠了功課還斗膽撇下書包往球場直衝，流連忘返。半小時過去，課室裏的同學紛紛從樓上向球場喊話，他仍不曉得回頭。終於賽事完場，高個子若無其事回來，我自顧收拾準備離校進修，任由「E班功課班」幾根中流砥柱與高個子對話／訓話。

那時我雖是班主任，卻只有幾位同學選修文學，許多和他們建立關係的時刻都在小息、午膳時間、放學後。往後的日子，每次上課前、下課後要提重物，放學要打掃，這小伙子必然是其中踴躍自告奮勇的一位。日積月累的相處，不消幾個月，幾乎已把前世今生的故事盡訴。後來高個子成了我們班一切活動的最忠實擁躉，也成了畢業後每次重聚的關鍵人物。

難忘某天跟一些初中同學溫習、重默，最後一位同學背起書包一個箭步跑走的時候已七點多。執拾亂糟糟的課室，拉百葉簾、關窗、排桌椅、掃地……這些清潔工夫，我已好一段時間不用做了，因為平日大部分時間，都是班上的小子們負責打掃的，大家各司其職，對百葉簾有莫名執着的總會把所有窗簾拉好，其他瑣碎細務也不用我費神，我最多不過收拾一下教師桌面，把廢物分類。那天要獨自打掃，不由得格外感嘆，也加倍惦念平日總是賣力打掃的搗蛋鬼。

冬

某年冬至前後，已畢業的大塊頭忽然問我：「摵時，你家做節了嗎？」「甚麼時候有空，我和你做節？」

在有點艱難的日子忽然想起這件往事，實在是冥冥之中的安慰。

因為初搬到不熟悉的地方，很多路口都讓我感陌生，夜裏更是只認得唯一走過的路。坐在駕駛座旁邊，我才明白為何這大塊頭老早問我住哪一條邨哪一座大廈，原來他提早計劃路線以便飯後送我回去。無奈的是直到車子駛過我住的屋邨，駛過我住的大廈，我才猛然認得那好像是大半年來生活的地方！終於車子轉向，大塊頭在路口放下我，目送我進入大廈。

那夜切實的感受到從前狂放的小子真的長大了，言談間知道他已經處處曉得計劃、懂得預備、工作幾年領悟了太多處事為人的顧忌和道理，我卻仍在許多時候混沌一片，糊裏糊塗，就像連自己住的地方都不辨方向。

那天臨別前問他的問題到此刻仍深深震撼我：「為何約做冬而不是約慶祝聖誕節？」有此提問絕非我偏愛聖誕而輕視冬至，我重視的是團聚，而節慶日子有時就是個最好的相聚理由。他摸摸腦瓜笑說：「屋企人嘛！梗係要做節啦！」如往日一般孩子氣。

春

中六惜別會總在乍暖還寒的初春午後舉行。快要離開校園的、不能再孩子氣的孩子依次移步台上把準備好的稿子和現場「爆肚」的對白一一道出，台下的老師百感交集，為感動的片段安慰，也為未夠成熟的失儀咬牙。

「其實每次聽到你嗌『無禮賢』我都好開心」，小伙子話未說完已哽咽，我們的眼淚都流下來了。回想數年寒暑，轉過課室、換過班主任，一切都在吵吵鬧鬧中度過。這班調皮、搗蛋的「嘩鬼」時有磨擦，卻也笑話不絕。首場深刻荒誕鬧劇發生在家長日，同學悄悄告訴我某頑皮小子拿了一張和我的合照回家對母親撒了謊，我趕忙求證，小子嬉皮笑臉承認，給我罵了個「狗血淋頭」。說是狗血淋頭，而小伙子們總是不痛不癢，暗忖這老師「未夠火候」。

記憶之中每次喚「無禮賢」好像都在他作了搗蛋事之後，準備受罰之際。日常平白無事只會喚他的諢名——「無禮」。所謂受罰，許多時不過是將他的座位移至教師桌旁常設的「飛機位」。不止一年，這商務機位都有常客，多坐幾回已經莫名其妙於上課前自動入座，要是飛機位懸空，倒叫大家不習慣。

年復年流轉的飛機位VIP讓我知道，不止他們，於我而言亦一樣，這些被隔離的記憶原是難忘的、笑中有淚的回憶。

＊　＊　＊

世道紛擾，人浮於事，很多時候能夠支援我們的，就只有真摯情意。如果將我畢生運氣分成板塊，最大的板塊必在人緣，而這人緣板塊中，重要的、捨不得缺失的其中一塊必定是學生緣。

榕樹

温結冰

歲月極美，
在於它必然的流逝。
春花，秋月，夏日，冬雪。
你若盛開，
清風自來。

喜歡三毛這首小詩，總讓我在流金歲月裏，想到生活的美好。歲月流逝，曾伴我的，何止是春花秋月夏日冬雪，還有，那一棵榕樹。

進入校園，榕樹生長在學校的中央，多年來，掛滿樹上的，是數不勝數密密麻麻的綠葉子，非常的綠。開學伊始，引入眼簾的便是那一大片一大片的綠海，鬱鬱葱葱，在操場邊、籃球場邊挺拔直立湧動，在校舍樓房之間，搖曳賞心悅目的青翠。如果靜下來，要感受一下樹香，你會發現，榕樹的香煥發出一種綠的清新，馥郁怡人，有一種難以抵擋的魅力。這種魅力，是正值二八年華，對未來的一份嚮往和期盼。畢業工作後多年，榕樹盛滿的綠，綠在心坎，泛着生命的綠蔭，承着濃厚的情感。

聽說，這棵榕樹已有許多年的歷史了，傳說它的根扎在地下，伸延至彌敦道，盤根錯節，入土生根，久遠悠長，見證着這個社區的滄海桑田。榕樹棱角嶙峋，果然是庭中奇樹，它以廣闊的綠蔭遮蔽着地面，在炎熱酷暑的夏天，送上一絲清涼。榕樹底下，總有我與同學的影子。也許是對榕樹有一份親切的感情吧，我常在早上或黃昏與友伴坐在樹下，悠然自得。

我與榕樹，曾有過一片熱鬧風景。舊校舍的一樓，是初中上中文課的課室。教我們的是李老師。當年李老師剛大學畢業，瘦瘦的身材、飄逸的長髮、俏麗的臉孔，戴着眼鏡，非常親切。同學們完全被李老師講的課吸引住了，隨着她臉上的表情，時而凝神深思，時而神采飛揚，時而頻頻點頭，時而低首微笑。那節課是作文評講，題目是〈假如我是……〉。我寫了甚麼，年少的我，展開了自由的想像，我寫的是〈我是天空的一片雲〉。那次被李老師稱讚，亦在全班同學面前，朗讀出作品。一節課下來，感覺好極了，從來沒有那麼愉悅輕鬆，上課時間過得那麼快，我多麼希望每天都有中文課。

上到高中，遇上另一位教我中文的李老師。李老師那張嚴肅的臉上戴着一副黑寬邊眼鏡，兩隻眼睛總在鏡片後邊閃着亮光，嘴總是緊緊閉着，平時很不愛說話。在我的記憶裏，他愛穿襯衫，袖子也總愛往上挽一截。每當下課的時候，他就把書本往胳肢窩下一夾，慢慢地，一步步向着自己的辦公室走去。李老師真的沉默寡言，但從他言行，你就能看到韓愈筆下的師者風範。李老師給我印象最深刻的，是他批改的速效，他能上午測驗，下班前總會把測驗卷批改完畢，很難想像得到，中文測驗成了我們期盼。李老師的教員室在六樓天台，有時在等他批改的過程中，憑欄遠眺。陽光燦爛的日子，榕樹的風度卻又迥然不同，此刻的榕樹，顯得魁偉、莊嚴、恬靜、安詳。

流年汩汩地淌過，有時候看那比我高大多的榕樹，總是直直立着，向着天空進發。無論遭受多少的挫折，仍舊是莊重自敬，從容不迫。葱綠的葉子在陽光的照耀下閃閃生輝，似乎每片葉子都在講述它與別人的一段情濃故事，那當然也藏着我與友伴的故事。榕樹的花語是重要的回憶，我與榕樹相處點滴，那是我成長的回憶。

那天特別高興，童心未泯。公開試即將臨近，學兄跟我們說：學校有一個傳統，若能接下飄落的榕樹新葉，將會帶來祝福和好運。我們也沒有分辨傳統真偽，心裏高興，立刻跑到樹下，呆呆地望着榕樹，希望從榕樹枝上迎來一片新葉，迎來一份祝福。我看到榕樹下的我，循着綠葉飄下，向前衝了幾步，有力地一跳，時而加速，時而奔騰，一次、二次、三次……在追逐的過程中帶來無法估量的喜悅，這，或許就是人生的味道吧。這樣的追逐，倒成了一幅生動活潑、充滿生趣的景象。

有人說，學校榕樹其實是一棵普通的榕樹，只是枝葉茂盛，交錯地伸向四方，頑強地生長着。直到枝繁葉茂，英姿颯爽地出現在校園的一角。但我校榕樹茂密油亮，大氣脱俗。深入地下的盤纏的樹根，枝幹壯實，不畏寒暑，傲然挺立，象徵着積極進取、奮發向上。這不就是榕樹生存的本質，一種坦蕩、包容的人生態度。漫漫時日中，榕樹更堅定地、無所畏懼地活下去，抵受肆虐的風雨，這正是我們所要追求的人生態度。

歷經多少滄桑事，我彷彿又看到春天新長的嫩葉，迎着金黃的陽光。我想念中學學習的時光，那飄下的綠葉鐫刻着我深深的記憶，記憶裏的故事和榕樹的葉子一樣多……

榕樹下

是否還有那懵懂的小女孩
榕樹下
是否還有那純真的小女孩
我愛學校裏那一棵榕樹
我是那一棵榕樹

我城

劉斌盛

「這是最好的時代，這是最壞的時代。」（《雙城記》）

翻開報章，樓市屢創新高，股市連升多日，突破三萬點，連從前偏遠的元朗、屯門、上水，也人山人海，名店林立，這個城市日隆。同樣的城市，同樣的報章，不忍睹的孩童虐殺案，無恥的新任高官厚顏説辯，沒戲唱的立法會繼續上映，這就是我的快樂時代，這也是我的塊落時代。

家中數百唱片，略為講究的音響器材，播放着慶幸親眼親耳見證的樂壇輝煌，譚詠麟，張國榮的瑜亮之爭，越來越愛的陳百強，永遠年青的Beyond，爭雄歲月的四大天王，梅艷芳、葉蒨文、林憶蓮、王菲的難以取捨，見證着當年樂壇的豐碩、精彩，充滿着活力和快樂。同時，請也要見證他們的衰落、引退，甚或死亡。「勁歌金曲」，四個字中有兩字名不副實；買唱片的人買少見少，唱片舖自然更少，大型的HMV也清盤了；一個陳奕迅，一個容祖兒就一統了樂壇，是他們太好，掩蓋了其他，抑或能比拼的已所餘無幾。從前翻唱名曲的口水歌，難登大雅之堂，今天卻是歌星、唱片公司、唱片舖的命脈。怎麼光輝、精彩那麼短暫，夕陽不能無限好，要人開心，也要人痛苦？

仔仔剛出生，是全家人的喜悅，上至嫲嫲婆婆的笑逐顏開，無論你多孝順，送甚麼名貴禮物，吃甚麼豐富大餐，也不曾看見；下至表哥表姐的興奮，嚷着抱抱，彷彿添了一件新玩具。身為父母的，就不用說了！每一個時刻，每一個片段，也是帶上「可愛」的濾鏡。一張飽飽的尿片，拿在手裏，感到暖暖的；一張臭臭的尿片，敢看在眼裏，還稱讚他「叻叻」，感恩他腸胃好。嘔奶嗎？不要緊，可能太飽，嘔了更好，口角的奶漬還可愛呢；流口水？出牙了，是拍照的好時機；大叫大喊嗎？不覺吵耳，應該是看到新奇事物，又或哪裏不舒服了；鼻涕嗎？用舌頭舔着的樣子真可笑……於是手機、相機，滿滿是他的東西，多醜多蠢也是回味無窮，公公日夜不停重播，爺爺不斷強迫別人分享、讚好。這些歡樂每日在增加！

可惜……公公每次來探仔仔，總是眼瞇瞇，笑盈盈，但讓他抱抱外孫，他總是推卻，依舊站在身旁注視着。大病一場的他，腰彎了，步履慢了，事事總害怕不夠氣力，有所閃失。愛而不能愛，想而不能做。爺爺年紀還大一點，他仍敢抱起孫兒，玩個不亦樂乎。即使他身上還有煙味，對小朋友有害，我也隨他吧！從前健壯的爺爺，背起大大的泥水工具，寬廣的背影，充滿男人的味道。但退休下來，人日漸消瘦，舊日恰好的衣服變得寬鬆了，冬天的寒衣總是添不夠，臉上的斑紋每次再見也在添加。他，彷彿陌生了。〈背影〉一課，作者看見他父親胖胖的身影從月台探身，再辛苦穿過鐵道，爬上月台，是多動人！但當自己親眼看着父親的背影，在如常的晚上，在如常的餐桌前，突如其來的放軟，徐徐躺下，扶起時已失卻知覺，時間停頓數秒後，才回過神來。雖然檢查並無大礙，但那另類的背影，偶然重播，眼睛就要紅了。這些憂愁每日也在增加！

這是一個雙城呢！

「城外的人想衝進去，城內的人想逃出來。」(《圍城》)

年輕時讀起來，不太明白，只覺當中的辛辣幽默很過癮，已過不惑之年讀來卻不再過癮了。可不是因為要逃離「圍城」，而是漸漸明白到「圍城」根本就逃不出去。

生命，就是一座城，年月的笛不斷在吹。拖着你的小手，撫着滑嫩暖暖的掌心，然後請你也握緊婆婆開始鬆弛的手；當你從學會爬行，到站立，再到會走會跳，你就要看顧着公公，因為他不能跟你持續進步，腳會重了，氣會喘了；當你漸漸學會撒嬌、大叫、大喊，甚至亂丟東西，無論我是循循善誘抑或疾言厲色，你仍是那麼無理取鬧，所以你就要體諒爺爺，他如你一樣不聽爸爸勸告，三令五申也好，勞而不怨也好，就是不會戒煙，不會早睡早起；當你牙牙學語，嫲嫲要教你叫「爹爹」，叫了千百次，你仍可以無動於衷，頭也不回，其實嫲嫲要學會用手機，用Apps睇股票，你也要教她千百次。當人生漸豐盛，事業有成，成家立業，子女成長，得到看似越來越多，就開始忘記會失去，忘了要接受失去，甚至忘了失去了甚麼。當你進入了這座城，還想出去嗎？還能出去嗎？「既來之，則安之！」

就如甚麼金曲、經典，它們總會成為老歌，或有人會欣賞，或有日會淘汰。巔峰過去，歌星進退，誰能從一而終？即使當年譚詠麟與張國榮的歌迷誓不兩立，水火不容，後來兩個偶像曾合唱，你會如何自處？你唱片機內不會再播張學友？不會聽陳奕迅？即使「念念不忘，必有迴響」，當你想播放起來，最熱切期待的，一定是尚未播放的一刻，當你播放了，播多了，你就會厭了。物質上的滿足也從來如是。新手機未到手，就充滿期待，覺得最好，要買保護貼、機殼保護它。到手了，炫耀過後，就覺得不外如是，新型號和舊型號沒啥分別，髒了、甚至花了也沒所謂，幾個月過後，又想換新機了。新音響追求「高音甜，中音準，低音勁」，但聽過幾趟，耳朵就被寵壞了，又覺得不夠甜，不夠準，不夠勁，要更甜、更準、更勁。這種無止境的追逐，這種麻木，已是這座城的圍牆。「既來之，難安之！」

身邊人的難安，身外物更難安，這座城又何以安？每天進入這座城的人多得恐怖，有來去如鯽上學的、有喧賓奪主購物的、有前呼後應旅遊的，也有一登「瓏門」移民的……他們拼命衝進來，我們卻偏要逃出去！旅遊廣告鋪天蓋地，Facebook上個個分享出走，投資物業也走向全世界，九七前出現的移民潮重臨，同學、朋友也時常討論他往。今天的政治也許令人煩厭、無力，社會發展亦沒出路，甚至倒退，但逃出去就可以了嗎？香港當日是由新移民所建立，衝進來了，發達了，就要逃出去，着實矛盾，着實功利。政治問題，今天已變得敏感，已變成可以絕交的理由，變成區分一個好人的標準，由應該討論的問題，變成不容討論的問題，由取捨喜好變成是非曲直的問題。這是好的發展，也是不忍看的發展；當初曾拼命走進來，今天卻又想逃出去。社會問題，民生問題，千瘡百孔，房屋、教育、醫療、福利、交通……無一妥當，身處當中，實在氣憤，但要解決時，要加稅，要影響既得利益者，就又無聲無息拖拉過去。政治上，我不包容，社會上，我不就你，當這個城只有自己，這就不是一個城了，這已是七百萬個城。這個城已不停被僭建、加建，我們再不守衛就要塌下了。你建我拆，徒勞；你拆我建，無功。「既來之，同安之！」

衝進這座城，可能是最好的時代；逃出這座城，必定是最壞的時代。

歲月如流——油麻地上海街

劉順敏

若尖沙咀是香港向世界展示的華麗櫥窗，油麻地則是華人植根香港生活的土壤，在花園城市的大後方，支撐着這蕞爾半島的發展。中國人重視飲水思源，這故事大概可以由水源開始……

走過上海街，樓高四十層的海景豪宅「窩8」與蟄伏其腳邊的百年紅磚屋，總以它們新舊迥異、高矮懸殊的身軀吸引你的視線。那傳統的英式紅磚屋建於一八九五年，當時上海街仍叫作差館街，對出只是一片汪洋。自一八六一年日不落帝國的旗幟懸於九龍半島，英國人銳意發展尖沙咀，於是把該處的華人遷往油麻地，令油麻地人口急劇增加。居民初時只靠打井取水，但隨着人口驟升，井水供不應求。一八九二年工務局局長 Francis Alfred Cooper 提出了九龍半島供水計劃，計劃內容包括興建油麻地抽水站建築群。當時政府重視建築物的耐用性，為了減省維修保養的開支，抽水站遂以耐用的工業紅磚建造，誰料到這本來想節省金錢的舉措，終成為了留存歷史的見證。

紅磚屋本來由三幢兩層高的建築物組成，橘紅色的磚牆，寬闊的圓拱外廊，在華人聚居的油麻地社區中別樹一幟。隨着人口攀升，抽水站落成後僅七年，供水量已不敷應用，一九〇六年九龍水塘成為了新的食水泉源，五年後紅磚屋亦完成了它的歷史任務。從此，抽水站曾變為小販牌照辦理處、臨時閱讀室、露宿者之家，直至近年才被復修為戲曲活動中心。紅磚屋歷經百載，用途百變，但總離不開社會低下層的生活，透視油麻地作為華人集中地的生活氣息。

「民以食為天」，與抽水站遙遙相對的「油麻地果欄」建於一九一二年，初時售賣水果、家禽、魚、米及乾貨等，為九龍提供糧食。二十年代，「秀和欄」、「和興欄」、「福和果菜欄」及「公昌欄」（即現時的「大益欄」）相繼落成，為現存最早的單層果欄建築。簡約的石柱及木樑結構上鋪着金字形屋頂，古樸的山牆間有青天白日的政治符號，令果欄彷彿凝鏡於民初的時光之中。

早期的果欄位於新填地海邊，果菜乘搭「大眼雞」而來，瘦長的跳板一邊牽着駁艇，一邊搭着碼頭，苦力們肩擔着沉甸甸的竹籮，往返於貨船與果欄之間，新鮮甜美的蔬果，就是在這揮汗如雨的輸送下，源源不絕地進入香港。

一九六五年，長沙灣蔬菜批發市場及魚類批發市場建成，油麻地的菜欄及魚欄相繼遷出，其原址南半部闢作油蔴地天主教小學、東莞同鄉會方樹泉學校和灣仔堂基道小學。至七十年代，雞欄亦搬離油麻地，只剩下水果批發商繼續經營。果欄的範圍縮小了，內涵卻變大了。隨着包裝、儲存及運輸等技術進步，果欄的貨源已由內地拓展至世界各國，銷售對象亦由香港延伸至東南亞，是全球數以千種水果的重要轉口站。一年四季，翠綠晶瑩的青提、嬌豔欲滴的水蜜桃、外形火辣但味道清淡的火龍果、呆頭笨腦卻又清甜多汁的大西瓜，還有精緻如紅寶石的塔斯曼尼亞車厘子、長着神秘面紗的土耳其無花果、貌似菠蘿卻小巧得多的厄瓜多爾麒麟果等等，不論你說得出或未聽過的水果，都一一紛陳果欄，用另一種姿態呈現香港國際大都會的風采。

「衣食足然後知娛樂」，老香港對「一張票，睇到笑」的宣傳口號應不會陌生，這是油麻地戲院於八十年代的宣傳手法，觀眾憑一張戲票便可以欣賞全日的電影，這對於現在的迷你電影院而言，實在是天方夜譚。然而，在山窮水盡之際，這也是油麻地戲院力挽狂瀾的續命丹。

比鄰果欄的油麻地戲院曾是九龍五大戲院之一，亦是現時市區碩果僅存的戰前電影院。由一九三〇年開業至一九九八年閉幕，橫跨二次世界大戰，有近七十年歷史。大熒幕上映的，由黑白默片，至聲色俱備的西片、粵語片、國語片；由主流電影再到色情電影，數次起落，活現戲如人生。

千禧年代，油麻地戲院被翻新為粵劇表演場地，其雪白的外牆與新古典主義的建築風格，彷彿生來就是純淨典雅的建築，但原來當年的業主J. M. Noronha深知道戲院一帶的觀眾主要是碼頭的苦力、避風塘的艇家等，消費能力有限，為了盡量減省建築成本，戲院僅以花崗石及石灰建造牆身，頂部的桁架更是來自二手市場，分別購自英國的Dorman Long、Talbot Port、Consett、Cargo Fleet、Skinningrove和Frodingham等公司。儘管是二手貨色，但這些都是英國赫赫有名的鋼鐵廠，鋼材上刻有這些牌子的名號，使桁架成為絕版鋼鐵古董。小小的戲院，囊括了內地的木材、英國的鋼鐵、本地的花崗石，堪稱是「香港建築物料博物館」。

八十年代地鐵通車，各個出入口均集中於彌敦道兩旁，令彌敦道人流暢旺，油麻地戲院漸受冷落。九十年代，西九龍為配合赤鱲角機場而展開填海工程，油麻地避風塘及佐敦道碼頭或搬遷或離場，更令戲院雪上加霜。為增加客源，戲院從一九八七年十二月三十日放映完《英雄本色II》後，便專門播放色情電影，更首創「連環場」——一張四十元的戲票可以全日通行。從英雄本色搖身一變為脫衣舞孃，戲院的身世，比它播放的電影更傳奇。可惜，這垂死掙扎改變不了戲院的命運，隨着播放完最後一齣色情電影《同床2夢》之後，油麻地戲院的電影夢也正式閉幕。昔日大膽的海報、露骨的戲名、「一張票，睇到笑」的優惠都已成追憶。作為色情影院，更以廉價戲票任人觀賞，這經歷殊不風光，卻又是油麻地風塵歲月、篳路襤褸的印記。

撇除紅磚屋、果欄、戲院這三個油麻地地標，坊間小店也上演着一幕幕流動的歷史風情。胡和盛金行創業於一八九二年，早在滿清皇朝還未湮沒的年頭，金行已屹立於上海街。如今，金行老闆已易手，但店外高掛的仍是舊招牌，只因念舊，只因百年字號行不改名，坐不改姓。小小店內坐着四名職員，梳金毛陸軍裝者臉露煞氣，帶金絲眼鏡的貌似掌櫃，還有笑容溫煦的邱棠叔，任職三十三年視金行為家的紹康叔，他們猶如胡和盛的四大護法，默默鎮守着這百年老舖。

相比起耀眼矜貴的黃金，「斤斤計較」的秤和砣便顯得平凡得多。五六十年代，上海街就如現在的彌敦道般繁盛，果欄、避風塘、金舖、酒樓、藥材舖等，無不需要用秤。自八十年代起，政府大力宣傳「採用十進制，公道又易計」，笨重的磅成了現代化的象徵，靈巧的秤驟然失卻平衡……

何太是利和秤號的檔主，她不但承繼父親自一九三〇開設的店舖，亦傳承了人手製秤的工藝。儘管已七十多歲，何太仍堅持日日開舖，風雨不改。製秤最重要、也是最考功夫的，就是在秤桿上加上刻度，原來坤甸木上的金點並非油漆，而是用人手在木上鑽孔，再塞上銅線而成。不髹油漆只因油會褪色，但刻卻永存在內，可用一世。何太一邊拿着手搖鑽示範製秤，一邊嘆息：「我而家唔夠眼，唔做囉，做得唔準就無癮喇。」在事事講求方便、貪戀新鮮的年代，還有多少人會堅持不差毫釐，承諾保用一世？秤不但因磅的出現而提早老去，價值觀的改變也使它走向夕陽。

既有老店，便少不了舊樓。走進油麻地上海街，一列列巍巍巍的騎樓，恍如一截截時光隧道，帶你走進五六十年代的光景。樓板與泥牆之間不時長出一棵棵無以名狀的植物，以其年輪告訴你這唐樓的歷史。是多少年前，雀鳥把種子帶來這狹窄的縫隙，再經過多少風霜雨露，才足以讓種子抓着這半空中的泥土，默默萌芽，茁壯成長？抬頭仰望灰暗的天空，這破牆而出的植物仍有開枝散葉的空間嗎？

天旋地轉，視線重回路上的明鏡，不，是鏡明，傳統中式匾額，該由右至左讀。這紅底金漆寫上「鏡明」二字的牌匾，高高懸掛在十五呎樓底的店舖中央，氣勢逼人。這裏雖說是玻璃鏡店，卻猶如一間畫廊，牆壁上掛滿了各式各樣的畫作，有寓意富貴吉祥的牡丹、慈眉善目的佛祖、有求必應的菩薩，還有電視的賽馬與駿馬圖並駕齊驅，畫中的錦鯉與缸內的游魚相映成趣，虛與實，真與假，鏡明內外，誰是誰非？風吹過處，平面的畫作之中，飄揚起頁頁時光，是久違了的舊式日曆，看到被撕去的日子，才感到歲月的重量。如今一切都電子化了，時光在屏幕的撩撥之間也變得虛無。回過神來，門口的琉璃鏡倒映出街上的車水馬龍，行色匆匆的途人，倏忽走入鏡內，轉眼便消失無蹤……

是否世事常變，變幻才是永恆。穿過上海街，踏入彌敦道，置身紅塵萬丈的都市，多少人能參透「菩提本無樹，明鏡亦非臺」的道理？

龍與城

鄧淑儀

九龍城的名字，實在是有點霸道的，明明只是九龍半島的一隅，卻以此自居，獨霸全名，內裏還添了個九龍塘，你說它霸氣不霸氣。它確是有點架子，有點脾氣，但卻不是老古板，還像少年般追夢。夢在哪兒？夢在廣播道，夢在五台山，多少青年男女跳躍於星途，沉浸於銀色的夢想，由一個身分，由一個五尺之軀，進入種種形形色色的生活和生命，這不是夢，是甚麼？夢在哪兒？夢在九龍塘平矮樓房中的歐洲味名字，是「法國」、是「蒙羅麗莎」。少女牽着情人的手，包裹着像賀禮式的象牙白，穿起那跳傘式的裙架，蓮步姍姍，慢慢的學步，體味那種兩腳懸空，觸不着裙襬，並試圖尋找那種曼妙的平衡。新娘子是由降傘跳落的，是上天墜下凡間的天使，至少旁邊的新郎是這樣想的。甜蜜是夢，忠誠和盟誓卻不是夢。

都説它是有霸氣的，還有點武德，已故武打巨星李小龍就曾居於九龍塘。他的一生都是傳奇，他一反中國人傴僂駝背、拖長辮子的形象，而是一副鋼錚錚的骨架，一腳能曳出四百磅的重擊，他除了有力還有哲，於武術中配合哲學，講究陽剛和陰柔，這才堪稱是武術家。他的死亦有故事，有好事之徒説，他名曰小龍，不宜長居九龍塘，會給這「塘」悶死，會被九條大龍欺負。人生前如何威武也好，死後也淪為別人口中三寸白沫和談資。那麼既然不能管着別人説話的內容和方向，那何妨多做實事，多做奇形怪狀的事，讓後人來個多角度論述。

最多論述的一定是學校。九龍塘和九龍城是學校之都，囊括最多的中小學及幼稚園。幼稚園這名目最奇怪，學生並不幼稚，琴棋書畫皆通，只是身材矮小，但個個是小博士，鼻樑上的眼鏡是最好的明證。談學校，一定要提牛津道，聞説這道是英國人思鄉病發作的產物，同病相憐的還有劍橋道和對衡道。來過牛津道的一定對塞車不會陌生，這是名氣幼稚園作的怪，小小軀幹從房車蹦跳出來，配着那不堪匹配的書包，活力就此膠着，知識有力量還有重量。那個小小的迴旋處，會給你啟發，車子由蘭開夏道開到牛津道拐這個彎，形狀就成了一條鑰匙，是一條智慧之匙，兩旁學校裏的學子就是提匙人，受過塞車之苦的他們大抵都知道智慧的第一務是等待。

九龍塘確是有貴氣的。摩天大廈是偉大城市的象徵，低矮的平房卻是一反其道而行的驕傲，它就是不屑你那種高密度的層層壓迫，並以平廣和親炙大地之勢及挾着親身經歷舊機場歷史的身分，以示其氣度。走過這些厚重的樓房，眼光會給這曖昧高度的圍牆吸引住了，那些想出牆的羅漢松，成了一種誘惑，令你很想一窺富貴人家的裝潢擺設。記得有一次，就曾從掩映的門戶裏窺探豪宅的氣象，玄關位有個與人等身的花瓶，與尋常人家於此處放滿了臭鞋子不可同日而語，前者是穩實沉重的優雅，後者是風塵僕僕的忙碌。然而只是隔了一街，紫氣就變了樣，這街住的還是低矮的平房，卻是因為要遷就富人乘飛機而有無法伸展和仰望的無奈，舊機場拆遷後所興建的樓房，更以高人一等、傲視同儕的姿態俯視它們，怎叫作不卑微呢？剝蝕的鋼筋、脱落的水泥、像向天叫屈的魚骨天線、失去了時代氣氛的白色長光管，都無意中將時間鎖定了，與馬路旁違例泊車的TESLA拒絕溝通。富與貧、矛與盾站在同一街道，這種和諧和包容不用言明，自然就生成了。富裕和拮据的不是都處於同一個平等緯度的視野，享受着同一角度的天空嗎？

說九龍城是由細胞組成是說得準的。潮州人的佔了一隅，發展出「打冷」的熱鬧；廣東人的火鍋，是一年四季的滾下去；泰國人的風情，使這城有小泰國之稱；最多的還不是自家香港人，四方八面也是「茶記」。音樂是世界語言，食物就一定是世界的身體語言，你會熱愛和鍾情自己熟悉的那套，但不會抗拒人家的，還努力的在比手劃腳，不時嘻嘻大笑。細胞自成一個體系，又互為依存，形成了九龍城獨有的面貌。噢！忘了，還有著名的清真牛肉館，以清真為名，賣的是伊斯蘭中菜，菜牌上川滬港新疆菜都有，還一口氣開了兩間，宗教定於一尊的外殼在美食面前都沒有所謂了，你能不寫個「服」字嗎？

要寫個「服」字的還有一條長長的道。坐落當中的有侯王廟，紀念南宋忠臣楊亮節，走不遠就是華人基督教墳場。宗教的和諧融合，以居於一室之勢給說明了。這道的名字起得好，叫聯合道。

城市最像人，可貴在於故事和歷史。要數歷史輪廓的深刻，九龍城說它是第一名。宋末最後一位皇帝就曾南下來到九龍城，熱情的村民留下了宋王臺石刻；九龍城寨是英治時期的棄嬰，卻造就了獨立自主自治的城邦，彈丸之地住上了四萬人，那種架床疊屋如孩童積木般的建築，現在只能於舊照片中才找到了。遷拆後的城寨成了公園，只留下了原為寨城官府衙門一隅聊以憑弔，還築了許許多多的小橋流水。真實的歷史遺址沒有給保存下來，卻在刻意仿古，你說奇怪不奇怪。不遠處還有界限街，深刻地為《中英展拓香港界址專條》畫上記號。

城市是個人，有呼吸、脈搏、氣息、生活節奏，血管裏流動着血液，會作息，會貪睡，會做夢。城市是個人，有性格，有情緒，有命運。若問九龍城是個怎樣的人，我會說他肖龍，自詡不凡，卻又大公無私，專司降雨，廣佈人間。若問九龍城的性格，我說它的星座是雙子座，雙重性格，明明處處是壁壘分明的界線，各種屬性不同的東西又可奇怪地住在一起，這叫作龍蛇混雜嗎？

以「心」為本的小店

鄭麗琳

你吃過熱烘烘新鮮出爐的十字架麵包和硬豬包嗎？你飲過一杯精品手工咖啡，知道巴西與巴布亞新畿內亞咖啡豆的分別嗎？這些，都只能在小店品嘗到。近年，店舖租金有增無減，小店要存活，甚或要在芸芸的商家中突圍而出，殊非易事。筆者訪問了兩間小店——「隱啡」和「滿溢餅店」的「八十後」負責人，他們營商非只為賺取利潤，而是用「心」製作咖啡和蛋糕。這篇文章記錄了他們不平凡的事。

「隱啡」Redi、Connie　分享沖啡技巧　助殘疾人士建自信

想像一下，如果你患有視障與聽障，怎樣能夠沖出一杯精品咖啡呢？

阿良，患有遺傳性眼疾，現時左眼只餘不足三成視力，右眼更少於一成，另外

天生有嚴重聽障，日常生活須佩戴助聽器。人到中年，失業又失婚的他意志相當消沉。後來，他報讀了「咖啡調製員基礎證書」課程，在這裏遇上他的伯樂——Redi老師。

Redi與拍檔Connie開設了工作室咖啡店「隱啡」，她們的正職是咖啡師培訓員，會與社福機構合作，以及為僱員再培訓局及展翅青見計劃開班，教授咖啡知識及調配技巧。Redi坦言，因為自己過去沒有教過雙重身體障礙的學生，決定要教阿良後，也有一定壓力：「過程中需克服很多困難，例如如何讓阿良能操作機器、知道倒奶的份量、拉花等，一一都要仔細為他設想。」

為了代入阿良的處境，Redi嘗試在漆黑中沖咖啡。她在工作室熄掉電燈，拉上窗簾，沒有一絲光線，閉上眼睛，四周寧靜無人。第一次試沖時，她無法掌握到奶的份量，甚至無法摸到機器的按掣。但是，她沒有放棄，繼續摸索教導阿良的方法。最後，她教導阿良要以其他感官去沖啡，「用『心』感應去沖」。例如在心內默念

「十秒」，奶的份量便剛好；又以手感判斷溫度，當剛燙手時，便應關掉咖啡機。

另一難題是要協助阿良與其餘十九個學員共融。Redi直言，要讓殘疾的學員不受歧視，首先導師一定不能標籤他們，所以她教導阿良時，會一視同仁。「鼓勵他嘗試，起初數次會在旁扶助，之後就放手讓他自己做。」過程中，阿良與其他學員相處得樂也融融，大家更為他舉辦生日會。一百六十小時的課程，打開了阿良的心扉，起初沉默寡言的他變得開朗、自信起來。畢業後，阿良到盲人輔導會、復康中心分享，四處沖咖啡予人品嘗，鼓勵其他視障人士踏出第一步，相信自己可成就不同的事。

良師，能在學生處於低谷時扶他一把，引領他找到光明、希望之途；良師，重視培養學生的品格，言傳身教。Redi強調，她看重學員在過程中學會尊重他人，並要有禮貌。她又引述曾教過一個自閉症的學生，對方說話較倔強，並經常遲到，惹來其他學員不滿。其後，Redi教導這位學員要在請求別人幫助或批准後，要說聲「謝謝」，並關懷了解他遲到的原因，期望他能早點到達。在耐心的教導下，該學員漸漸習慣感謝別人，並且由遲到改為早到。

Redi為人謙遜，即使她是多項咖啡大賽的評審，又獲得僱員再培訓局傑出導師獎，但她從不張揚。「我希望顧客來是為了飲我沖的咖啡，而不是我的名氣。」她以身作則，教導學員一定要謙遜：「謙虛，別人才會教你，不能『老奉』以為別人必須教你。」

拍檔Connie亦樂於教導殘疾人士，曾教導一班有聽障的學員和精神康復者。她自言，教學讓她有很大的滿足感，並讓她增長知識和經驗。她學習如何深入淺出、圖文並茂地教導聽障學員；她明白用「潮語」與年青人溝通，有助打破隔膜。教導有特殊需要的人士，需更花心思，她有沒有曾經掙扎放棄教導他們呢？直率的Connie表示，從沒有掙扎：「別人最怕招禍上身，會失去『名』和『利』。我既無『名』，亦無『利』，沒有甚麼怕失去。恐慌的地方應該是自己力有不逮，當我沒有這方面的恐慌時，就應該勇往直前。」那經費從何而來呢？就是以咖啡店的收入應付教班的部分開支。

「隱啡」開業兩年多，她們期望「隱啡」能為社會帶來正能量，將咖啡知識分享給不同階層的人士，分享環保的理念，分享互相尊重和欣賞的態度。Connie 期盼：「我希望我們做咖啡師，不只是懂拉花、做生意，而是利用這技能回饋社會。錢是不能賺盡的，亦帶不走的，我倆只要『夠食』、『夠住』就可以了。我覺得我們與人分享理念，相比只為賺錢更有意義。」

滿溢餅店偉仔　研發鬆軟紙包蛋糕　從漫無目標到不平凡

這裏沒有富麗堂皇的裝潢，沒有沁人心脾的空調，甚至沒有讓顧客挑選麵包的空間。滿佈舊街招痕跡的牆壁上，靜靜地貼着一張「長者好消息　免費派麵包」的海報；四周烤焦的鐵盤內，整整齊齊地擺放着鮮見的硬豬包、十字架包；不大不小的舖面，白底紅字的招牌尤其注目——這是一家三口所開的「滿溢餅店」。

發出邀請訪問信當天，還來不及辨認誰是店主的兒子，只見一個瘦削的身影從廚房閃了出來，捧着滿載熱烘烘的麵包的托盤，他一彎腰一弓背，再一挺身，就換走了另一空空如也的麵包盤。「一袋蛋糕仔、一個雞尾包！」顧客的呼喊聲此起彼落。他熟練地拉開一個托盤，夾上一個雞尾包，回身，盛好一袋蛋糕仔，再俐俐落落地找續。他是店主的兒子——偉仔。

「滿溢餅店」，寓意幸福、快樂滿溢，但十多年前，十八歲的偉仔並不幸福。他坦言自己初中時無心向學，成績包尾，經常走堂，是訓導老師的頭號人物。「那時懶，甚麼都不理，連考試都漫不經心，走堂和朋友飲飲食食，或者流連機舖。」中四時轉讀夜校，生活依然顛倒，數年來「蒲」到凌晨兩、三點才回家。起初在餅店幫忙，都是抱着「玩玩吓」的心態，後來缺人手，他才肩負更多餅店的工作。

烤麵包、整蛋撻、雞批……一一都要從頭學起，廿五歲時，偉仔選擇了專注學習焗蛋糕。他並不滿意蛋糕的家傳食譜，於是花了一個多月時間研究食材加減、火爐熱度、烘烤時間等。不熟、烤焦、乾透，甚麼都試過。種種失敗後，他終能製作出更鬆軟的紙包蛋糕，以及外表更脆、甜度更合適的蛋糕仔。為何要花時間改變呢？偉仔毫不猶豫地道：「賣相好、口感鬆軟，用心製作，街坊才會再光顧！」

心思，贏得了街坊的口碑，亦為他締造了不平凡的際遇。偉仔成名，始於一位飲食版的記者報道了他新研發的蛋糕。接下來，電視台、雜誌、網媒、報紙接踵而來找他做訪問。訪問一出，更加客似雲來，有住沙田、大埔的市民特意來筲箕灣買蛋糕，甚至有來自台灣的旅客，親臨要找他合照，真令他難以置信。然而，這一點兒成功的背後，辛酸處處。

一星期工作七天，最長試過一日工作十二、十三小時。別看整蛋糕只是揑揑搓搓揉揉，夏天要憋在熱烘烘的廚房，絕非人人能忍受。汗水直接從眼睫毛上落下，悶熱的環境甚至令偉仔焗到暈眩。想過放棄嗎？他語重心長道：「每件事都要

『捱』，要『堅持』，那麼容易放棄，就不能掌握當中的技巧，不能成功！」偉仔的成功，關鍵亦在於他起初懂得選擇，專注學焗蛋糕，並沒有同時鑽研多款食譜：「專注於一款食物，才能多花心思，才會有好成績。」

整蛋糕，讓偉仔生命蛻變，由疏懶變勤快、由易於放棄到堅毅、由漫無目標至成就不平凡。生命的價值並不限於某時某刻，或只由學業成績衡量，偉仔的用心、堅持、專注，一直感染身邊的人。最後，他鼓勵年青人：「要認真想清楚自己想做甚麼，敢於嘗試，若不合適就不要浪費時間，因為時間真的過得很快。」

採訪後記

三個「八十後」，不約而同都有一個特質，就是「堅執」。Redi、Connie執意於要予人分享；偉仔堅決於要製造出更鬆軟可口的蛋糕。就是這種「堅執」，讓他們的人生不再庸庸碌碌，走出與眾不同的路。訪問期間，三人都指出租金不菲是經營小店的難處之一。滿溢餅店十年來，租金升了一倍，現時月租已達十萬，但偉仔並不希望把所有昂貴的租金轉嫁街坊，所以只能靠「薄利多銷」來平衡收支。他坦言，「不知道能『捱』多久」。商家追求利潤，本是無可厚非，但這三個「八十後」，卻甘願放棄追求更高的利潤，亦即間接放棄了讓自己過更高質素的生活。我想，這都是基於「情」，一份對街坊、對殘疾人士的濃厚深情。

操場遺下了一尾金魚

黎曜銘

黑雨退去，操場遺下了一尾金魚。牠的尾巴沒有拍動，嘴巴微微地張合，在呼吸，或者，在耳語。

我問校工借一個膠盤來盛載牠，而他只是專心地讀着報紙，沒有望我一眼：「有用嗎？」我沒有回答，只是沉默地看着水波左搖右擺，微微拍打盤邊。

記得小學三年級那年，爸爸不知從哪裏拿了一個小魚缸回家，於是我便嚷着要買寵物回來養。媽媽一開始強烈反對，每頓晚飯時少不免一番訓示，但見一個小魚缸也佔不了多少位置，所以慢慢便不再多言了。

我第一次帶回家的，是兩尾三斑菩薩魚。在狹窄的魚缸內，兩尾三斑菩薩魚搖動着又長又豔麗的尾鰭，在清澈的水中追逐、嬉戲，就像敦煌壁畫上反手彈着琵琶的仙子。我喜歡把魚缸放在窗台上，讓陽光照進粼粼水波中，折射出一種天堂般的夢幻亮麗。有一天放學回家，我卻發覺其中一尾三斑菩薩魚死於池底，而原本柔順而斑斕的尾鰭被撕裂得支離破碎。詢問水族店叔叔，才知道三斑菩薩魚是鬥魚。狹窄的空間使牠們無處可逃，所以唯有互相廝殺。那時我才發覺，牠們的追逐，不是一種嬉戲，而是一種同性相拒的惡鬥。

原來，這裏從來不是天堂，而是虐殺的地獄——

「考生有三分鐘閱讀題目，錄音聲檔只會播放一次……」擴音器傳來冰冷而熟悉的聲音。

雨又開始下了。雨水順着平滑的玻璃窗流下，形成一道水簾。窗外一切景物早已融化在雨水之中。門外淅瀝淅瀝，而課室內只餘下學生們微弱的呼吸聲以及他們用鉛筆在答題卷上書寫的擦擦聲。他們專心把自己困守在四面牆之內，外面一切事物彷彿因隔絕了一面玻璃而變得無關重要。看着四面的玻璃窗，不知怎的，我忽然覺得，我們早已身處一個狹窄的魚缸內。

想着想着，身體不小心顫動了一下教師桌，差點把膠盤內的水濺出來。坐着前排的學生瞥了我一眼，用指尖摸一摸，確保自己的桌面乾爽，便繼續沉浸進試題中。我匆忙拿起膠盤，把它放在地下。盤底那尾金魚的氣息已越來越弱，但每當以為牠死去時，牠的嘴巴又突然開合幾下。

錄音繼續播放着。我坐在教師座上，不時偷看腳邊沉於盤底的那尾金魚，突然間想起了阿龜。

阿龜，顧名思義，就是一隻龜，就是一隻在任何水族店都能買到的巴西龜。最初，我把阿龜養在小魚缸裏。後來牠慢慢長大，大得不能轉身，於是我用壓歲錢，買了一個大膠箱放在洗手間內。媽媽知道後，當然向爸爸大加抗議，因為洗手間本身已經狹窄，再加上一個大膠箱，使大家坐在坐廁時連腳也不能伸直。於是有一天，爸爸牽着我的手，帶我到樓下公園的水池邊。那是一個炎熱的下午，水池內早已爬滿數之不盡的烏龜，牠們一隻疊着一隻，彷彿表演着高難度的雜技。

爸爸對我說：「你就給牠自由吧，你看，這裏牠有很多同類呢！」那時，我相信爸爸的話，把阿龜放進池裏，站在池邊默默地祝福牠。直到阿龜爬進大小不一的龜群，直到牠消失在水池之中，我才不捨地離開。奇怪的是，隔不了多少天，水池已經被清理得只餘下黏黏滑滑的白色階磚。

「奥斯威辛集中營，是納粹德國軍在波蘭建立的滅絕營，估計約有一百一十萬人在營中被殺，超過九成遇害人都是猶太人……」擴音器繼續用冰冷的聲音，訴說着仿似遙遠得只遺下數字的歷史。

學生們靜靜地聽着，仔細地選擇着。他們把一個個圓形的答案欄填滿，然後又奮力在一個個空格上填滿文字。一百字、一千字、一萬字……大家已經習慣根據以往的模式，抄寫有用或者無用的內容，並以最快的速度完成一份豐厚而蒼白的答題簿。

他們已學習到不作出思考，依然有話可說。這不能怪他們。是我教的。

「擦擦……擦擦……」書寫聲比雨水還要雜亂。不知怎的，我突然間想停下錄音，告訴他們，在大學時參觀奧斯威辛集中營的往事。我多麼想跟他們訴說看過一整箱貨櫃的頭髮後，那一種徹夜難眠的震撼；我多麼想跟他們數算「死亡天使」約瑟夫．門格勒醫生用人體來做實驗的斑斑罪行；我多麼想跟他們討論漢娜．阿倫特提出的「平庸之惡」。我又幻想窗外的雨停了，我能夠脱下襯衣，帶他們坐在草地上，看着蔚藍的天，一起唸唸波蘭詩人羅塞維茲的詩句：「在巨大的箱子／被窒息的／烏雲般乾枯的頭髮／一束凋萎褪色的髮辮／和一束綁着小白兔的辮子／會在學校／被頑皮的男孩拉扯」。對，女生的辮子應該在跑跳中躍動，在嬉戲中被拉扯，而不是被剪下來織成一條不知為誰人保暖的毛毯，而不是埋首於成績表上那些不知有何意義的數字——

當然，我沒有停下錄音。

模擬試卷是需要計時的，一秒也不能少；公開考試是需要拿高分的，一分也不能少；而至於合格率，是需要一百個百分比的，一個學生也不能少。也許，在急促轉動的時鐘下，我只能是一個教育部門派來的看守者。

「時間到了，請立即停筆。」

學生們收拾好筆袋，紛紛把模擬試卷放在教師桌上。由於離校前須清理好抽屜，他們便把櫃內所有的筆記及書本拿出來，然後把大部分倒進廢紙回收箱內。看着回收箱內一張張廢紙，我彷彿看到辛棄疾、莎士比亞、阿當史密斯一張張蒼白的臉，被時代拋棄到垃圾場，等待回收。我需要接受，卸下沉重包袱的學生才會跑得更快。他們會穿上整齊的制服，甫出門口便坐上高速的列車，前往城市某一個被安排的位置。他們會不停工作、結婚、生子、買樓、投票，然後選擇相信別人所說的每一句話。

他們會成為一個時代的好孩子，就像我一樣。

他們的背影漸漸遠去，變得越來越模糊，我曾經想過叫停他們，與他們補充一下有關養寵物的故事、有關集中營的歷史。但是眼見雨越下越大，有些學生還安排了其他補課——還是讓他們早點離開吧。最後，課室只餘下我一個人，蹲在膠盤邊，靜待那尾金魚珍珠白的腹部緩緩浮上水面。

「老師，你會怎樣處理牠呢？」直到這刻，我才知道原來還有一個學生沒有離開。但是我沒有反應過來，他便接着說：「還是丟進馬桶沖掉吧，比較衛生。」

我記得小時候，我曾經把青蛙的屍體葬在公園的花槽內，又試過為鬥魚的屍體造一個冰棺，放在冰箱內冷藏，直至一個月後才被媽媽發現。我想對他說，我想好好安葬牠。但是，此時此刻，我凝視着盤底，盤算如何以老師的角度正確回答問題。

我突然間明白到，也許，怯懦才是生活上最大的惡。我們知道，我們思考，但是我們怯懦。我們怯於家庭，怯於金錢，怯於地位，也怯於安定。怯懦的惡，就像階磚上的青苔，為了避免滑倒時沾上一身濕濡，讓我們永遠小心翼翼。

他笑着對我說：「有雨傘可以借給我嗎？」我苦笑着，搖一搖頭。

然後，雨還是不斷下着。我和他再沒有說話。

我凝望走廊階磚上的青苔，它們以一種人們察覺不了的緩慢滋長；而他就像一尾垂死的金魚，隔着玻璃的一片灰濛濛，等待這一場沒有意思停下來的雨。

運動員的汗與淚

盧冠忠

他們在頒獎台上、網路上領受大眾的敬仰和歡呼。他們不是甚麼影視巨星，而是本土的運動員。近年大眾把他們捧成「男神」、「女神」，可是跟俊美的外表和卓越的成就相比，其背後的辛酸血淚又有多少人會感興趣？這次要談的是兩位拔萃女書院運動員的故事。在大眾眼中，女拔萃運動員似乎都是天之驕子，站在比賽場上總是光芒四射，奪冠似是必然，報章體育版總會為其留下珍貴版面。她們的成就驕人，而成功的背後是一個個揮灑着血汗和淚水的故事。

翻越與跌倒：跳高選手黃沅嵐

「在起跳的剎那間右腿一痛，我狠狠地跌倒在地上。」黃沅嵐的文章屢以跳高為素材，還常常描寫這樣的片段。讖緯預言之學雖可笑，但一旦一語成讖則難以找到可供玩笑之處。那年她唸中六，最後一次為女拔萃披甲上陣，誓要於灣仔賽場上打破自己保持的學界跳高紀錄。

遠處標杆掛在一米七二之上，只要一躍而過便完美謝幕。她在起跑前苦思冥想，默念起跳的動作和步驟，雙腿肌肉的力量瞬間爆發，準備奔出那完美的弧線。突然右方小腿傳來「啪」的一聲，她驚呼一下便頹然倒地。她心中明瞭，不用診斷，已知是阿基里斯腱斷裂，當年劉翔為此抱憾奧運，高比拜仁因它賽季報銷。他們享譽全球，但自己呢？走出田徑圈子便是默默無聞的普通女生。人生才剛剛染上彩色，難道就此便要變回單調的黑白？難道再也不能從杆上跨過？手術與復康治療，撐得過去嗎？之後的賽事不能參與了，女拔萃連勝的壯舉要毀在自己手中嗎？兩個月後文憑試便要開考，怎麼辦？大學夢要幻滅了嗎？

她躺在擔架上，同學、老師、教練、好友簇擁而至，但這時腦海中混亂得有如正在調製的醬油。她想：「讓自己靜下來吧！」靜得要聽見淚水溢出眼眶滑下臉頰的聲音。

她聽見自己的呼喊，不是因為疼痛而引起的聲嘶力竭，而是自己終於跳過高杆的振奮高呼。她彷佛再次看見已經退休的許教練，他正在指導尚是小學時期的自己。小學學界奪冠可謂只是天分使然，直至遇上許教練，她才見識到高山，才掌握到跨過座座高山的技術。助跑、起跳、擺腿、拗腰、收腳，每一項細節都經過千錘百煉，熟練得平常走路時雙眼會畫出弧形的助跑線道，熟練得她躺臥睡覺時身體也不自覺做出拗腰過杆的反應。

獎項的榮耀與光芒漸漸照到她的頭上。在多哈舉行的亞洲少年田徑賽場之上，跳高比賽只剩下兩人——她與另一名烏茲別克選手，共同面對着架在一米七四之上的鐵杆。儘管對手身材高佻，佔盡優勢，但自己憑藉出色的彈跳力，仍可跟對手拚得難分難解。最後雖然屈居亞軍，但當她站上頒獎台那一刻，她確切感受到奮鬥的意義。可是，隨着這一次倒下，一切恐怕都煙消雲散。

幸得各界協助，骨科權威容醫生親自為她施手術。我到醫院探望她的時候，她還懂得說說笑話自嘲，表面上的堅強未知是否在掩飾心底的軟弱。但形勢就是逼着她非堅強下去不可。她無暇思考自己的傷勢，一切治療都只好遵從醫生和物理治療師的安排，而心力必須花在應付文憑試之上。她知道是時候發揮運動員的堅毅精神了，要從回憶中抓住訓練時筋疲力竭的感覺，激起自己的鬥志，使自己重新加入那條擠滿考生的跑道上。她坐着輪椅，從老遠的家回校參加應試訓練，既請教師長，又與同學切磋砥礪。然而單憑個人的意志，或許尚不足夠她跨過這高不可攀的鐵杆。老師、家人成了她的跳板，穩穩地承托她。數學老師不辭勞苦親到她家為其補習，父母亦常常陪伴她前往治療、回校補課、前往試場。這些生命中不可缺少的人物承托着她的身軀，承托着她的心靈。

風風火火的考試月過去了，放榜日子亦轉瞬即至，右腿隨之漸漸康復過來，雖尚不可以投入訓練，但已可慢慢而行。闃黑過後，旭日總會從地平線上冉冉升起。黃沅嵐如願獲得中文大學體育運動科學系取錄。近來，她正為大學的新生活忙得不可開交，每天都在結交志同道合的新朋友，每天都在接受新穎的知識滋潤，每天都在成長。她希望將來成為體育教師，以自己的經驗，幫助後進的運動員。願她日後會在忙碌不絕的教學生活中保持燭光不滅，點亮一代又一代的青年。

秋日晨光照到中文大學夏鼎基運動場上，把草地上的濕潤漸漸蒸發掉，和暖的氣息叫停留在草地上面的小麻雀也昏昏欲睡，忘了啄食。可是這時，黃沅嵐已整裝待發，在弧形的跑道上蹉蹉跑過，讓忘記了爆發的小腿肌肉重新找回繃緊的記憶，往遠處那架在半空中的鐵杆躍去。

疑惑與信心：小飛魚何南慧

何南慧身材高大，力量充沛，運動天賦絕不亞於黃沅嵐。她在初中時已代表校隊勝出校際游泳甲組賽事，可預視她日後在國際賽場上發光發熱。

二〇一七年九月，她正坐在看台上等候出賽，臉上表情木然，一點也沒有因為剛剛聽到教練公佈的出賽名單而顯露半點興奮。與其說是沒有顯露，不如說是顯露不出更為準確。這時她才十五歲，已代表香港參加在土庫曼舉行的亞洲室內運動會，本可借機向一眾前輩請益學習，亦可跟各地對手拼個高下。可是，當教練公佈 **4 x 100** 自由泳接力賽的出賽名單時，竟響起了自己的名字。她心頭一震，只因另外兩棒有兩個響噹噹的名字：施幸余、歐鎧淳，她倆領着自己和同校同學黃楚盈出戰。這時她的身子不由自主顫抖起來，嘗試壓下抖震，但最後竟抖得全身像沒法安置一般。她臉色如灰，腦海中茫茫一片無法集中。

這次比賽，港隊接連報捷，媒體紛紛報道，大家都期待她們再下一城。沒想到在表現整體實力的接力賽中，她竟可以成為其中一員，但憑自己的實力，足夠追上眾多高手的速度嗎？自己會否成為負累？會否辜負大家的期望？這時，她肩膊上的傷患好像又在呼喚她了。肌肉間互相拼扯、磨擦、發紅，到了極限而軟癱下來。身體的狀況恍如化成眼前播放的影片，且把她的信心一點一滴地消磨。諸般的疑惑像打破了的雞蛋在瞬間沾滿了腦袋，緊緊把思緒漿成糊糊一團。直至眼前出現了一個偉岸的身影。

低垂的眼簾不情願地撥開，站在自己面前的竟是大師姐施幸余。她既是拔萃的師姐，亦是香港隊的前輩，一直以來她都毫不吝嗇地把經驗和技術傳授給後輩，儼如教練。何南慧知道自己的膽怯遭發現了，但是施幸余強而有力的雙手搭在自己肩膊的那一刻，顫抖還是給她制止了。那段段慰問，說是如靈丹妙藥般瞬間藥到病除，那只是武俠小說的橋段而已。不過聽到大師姐的勉勵，何南慧的精神總算漸漸重新集中起來，她想到一星期六天刻苦地訓練，每天別人睡覺、享受晚飯的時候，自己都在水中拼命地練習，為的都是爭取機會，跟世界好手較勁。本來到處亂竄的恐懼之魔總算漸漸遭關到牢籠之中，雖難消滅，但總算可控。

「嗶」的一聲響起，白色水花四處跳躍如彈珠，眾泳手迅速找到最佳的節奏，拼命呼喚肌肉的回應，奮力破開前方阻擋的浪濤……撥水的手好像漸漸乏力了，如輪打水的雙腿好像有點瘦了，到極限了嗎？不，拼盡最後一口氣吧！是了，終點的牆壁就出現在眼前，手再探前一點吧！憋氣抵到最後，何南慧呼的一聲把頭探出來，只見師姐已如電般跳出，巧妙地落在自己的身後，再擺動雙腿往另一方游去。何南慧仰首看一看計分牌，自己竟然創出了個人最佳時間。她揉了揉眼睛，重重的呼了一口氣。

香港隊最終獲得銀牌，四尾飛魚肩並肩地踏上了頒獎台，親吻一下那散發皚皚銀光的獎牌之後高高揚起，向觀眾展示她們的努力。何南慧側眼看看施幸余，暗暗視她為榜樣，要學習她每天都嚴於訓練、努力不懈的意志；要學習她細心關懷隊友、提攜後輩的情志。「就待十月的校際游泳比賽吧，我會以更成熟的姿態站在學校隊伍之中。」何南慧心想。

無論是田徑場上還是游泳池中，運動員不單挑戰肌肉運動力的物理極限，還表露她們對運動的熱愛和執着，展示個人的成長見證。這一切都混和在揮灑的血汗和淚水之中。

寫作本文之時，女兒剛剛出生。謹以本文獻給最愛的妻子和女兒。

喜歡・藍

簡莉華

藍，在音樂、藝術以至文學領域中都象徵憂鬱，是悲傷的顏色；藍，在我的喜愛色系中本來不佔一位，直至遇見一位同行身上的那一抹藍。一位外表成熟冷酷的語文老師，談吐舉止卻幽默風趣、不拘小節。偶爾在周末的工作坊碰上，他總愛穿上那天藍色的球衣，配以同色系的球鞋，躍然於人群中，格外精神爽朗。閒聊幾句，他便背向我揮手道別，消失於人海，留下那抹藍色的、灑脱自由的印象。藍，到底代表沉鬱憂傷？還是代表自由開朗？

剛搬到這小區時，正值事務繁忙，由於是「大屋搬小屋」，「暫住」的居所畢竟已有近三十年的歷史，相比之前居住的新型屋苑，盡顯老態，百般的不適應盡在心頭！本來以為這種不適應會被每天工作的勞累及搬居雜務的困頓放大、延長，但一條海濱小徑引領我踏進那一片藍！

正式接任新崗位已大半年，起步的計劃與工作雖然繁瑣，但都一一完成，接踵而來的推動計劃卻是大挑戰！搬進這小區已幾個月，夏已徹底把僅餘的春涼蛻為光熱與蟬鳴。每天下班回來已是六時多，腳步從輕鐵到月台後便不由自主地走往海濱小徑。夕陽徐徐移向山沿，殘暉顯得軟弱無力，任由人們肆意飽覽日間不敢直視的輪廓，我卻寧願背起這金黃色的、往下墜的圓球，轉向小徑。疲憊的身軀拖着拉長的影子，雙倍的重量在這悶熱的傍晚沿着小徑緩步向前。

剛才會議上激烈的討論聲幾乎要蓋過海浪聲，此起彼落。沉甸甸的一步一步踏着形狀參差的石磚，石磚爬過鐵欄後化身為嶙峋的岩石，相互緊接重疊，壓滿小徑外的邊陲。一陣清風忽然劃破這沉重混沌的空氣，我閉起雙眼，清風一絲一縷拂去我髮梢纏繞的煩悶，我不禁仰起頭，享受清風送來的舒暢。慢慢睜開眼睛，一層薄薄的、灰藍色的輕紗隨着清風輕蓋整個畫面，喧鬧的人聲在灰藍的輕紗中退去，清風捲來了節奏有致的海浪聲。

不知不覺間已走到海濱小徑的中段，放眼前望，夾雜着魚肚白的灰藍輕紗在搖曳間逐漸拂去灰色，成為淺藍色的畫布。小徑上空的一整片天與雲，連環至右方遠處的東涌山巒，延綿到一彎汪洋，再蕩漾來眼前的岩岸，全都柔化為淺藍色調。左邊夾道的大樹、小徑的石磚和鐵欄外的岩石是在這淺藍的底色上繪畫的，所以在原來的色彩中也滲出了畫布的淺藍。此時，清風再次吹拂，吹去煩悶、吹開浪花、吹亮了夜色。左邊列隊的路燈和右邊鐵欄下的小圓燈薰黃了這條小徑。是燈光喚醒了夜色？還是夜色燃亮了燈光？驀然抬頭，夜色在倏忽之間為整個畫面加上藍色濾鏡。濾鏡下的風景都抹上一層深藍。右看遠方，隨浪輕蕩的一片大海長出了橫臥的迤邐山群，若不是青嶼幹線那點點路燈若斷若續的提醒，根本難以分辨海與山。穩重躺卧的深藍色重巒上蓋滿稍稍透亮的藍色夜空。輕薄的雲兒安躺在夜空的懷抱裏隨風飄遊，只願為夜空留下一枚一枚暗暗的立體感。除了暈染了昏黃色的大樹和石磚，鐵欄外的岩石也被這藍色濾鏡揉去稜角，一條略呈暗靛色、不規則的布帶為鐵欄綑上厚厚的裙邊。順着這條裙邊向前看便是小徑向海面伸展的陽台，只見幾支懸在欄邊、斜向海面的魚竿及幾個在燈影中偶爾晃動的人影。連接魚絲的螢光浮標隨海飄蕩，起伏的螢光浮標舞動着垂釣的人影，成為這片深藍的另一道風景。他們守候一整晚，只為了垂釣這一刻的舞動嗎？

徐步至小徑的盡頭，路分為兩邊，左邊通往另一個屋苑，繼續前行便是避風港的堤壩。這分岔路口種有一棵榕樹，枝葉從主幹向左右展開，活像一雙張開的手掌，迎接到來的人們。堤壩從海濱小徑延展，窄小而直。兩邊鐵欄下的小圓燈為這段小路畫出一圈又一圈的昏黃。順着堤壩末端亮着紅燈的小白塔前看，黃金海岸和龍珠島已淡隱在這片藍色的鏡頭下，只以身上閃爍的珠片在對岸招搖。運轉的引擎聲與漸大的海浪聲比拼速度，看誰最快引起人們的注意，原來是回到避風港的漁船拖着大海的幾條皺褶緩緩而至。涼風不斷，輕浪翻騰，藍夜動人。堤壩三面臨海，我身處堤壩末端，彷彿置身於整個海洋中心，深藍的夜色，包裹着天和海、包裹着小徑和堤壩、包裹着風和我。海風四面八方送涼，我閉起雙眼，任由涼風刷去我髮絲上的纏繞、滌盡我面上的塵俗。此時，引擎聲從風聲浪聲中遠去，大海繼續和涼風合奏，把這片深藍的夜色吹拂到我的衣衫，再滲透我的心靈。我張開眼睛，敞開雙手，起伏着深藍色的呼吸，呼吸着這片藍帶來的暢快！低頭一看，堤壩下有幾個手持釣竿的人默默站着，我忽爾明白，他們長時間的守候，不是為了魚竿躍動的剎那，他們享受的是垂釣的每一刻。他們垂釣着每個期待、落空、失望、興奮、收穫的時刻！只要享受，便是幸福！

我深深吁了一口氣，把剩餘的煩悶也交給了這片藍，此刻的藍顯得更濃、更美！我轉過身輕快地走回小徑原路，雙眼翩翩於這個被深藍簇擁的世界，被深藍簇擁的不只我，還有小徑上迎面而來或同一方向的人們。他們或是獨自沉思、或是牽手繾綣、或是三五笑語……這一刻，他們都在享受着自己最美的藍色世界！最美的顏色是心情！藍，是沉鬱憂傷，也是自由開朗，更是整個由憂鬱到灑脱的過程！

雙親情，香港情

羅美卿

很感激我的雙親，讓我在最自由的空間下成長。從託兒所到大學，都沒有要求我有十八般武藝或有特異功能，他們只要我認真讀書，腳踏實地，努力做人。

雙親是五十年代從內地走難到香港的難民。所以我出生的時候就住在大坑東的徙置區——七層大廈，我仍然記得它的名字——第二座。它沒有華麗的文字，也沒有吉祥的意思，但卻清楚易記。雖然我不知道大坑東的徙置區從前有多少座樓，但我知道這一個社區充滿着人情味和自由的空氣。因為每戶都只是數十尺的蝸居，只有一扇窗和一扇門，所以在夏天，大門都是敞開的。又因為每家的廚房都設置在公用的走廊上，廢水都是往地上的去水孔潑進去，所以走廊長年都是濕滑的。七層大廈是U型設計的，不時聽到賣飛機欖的叔叔在叫賣，然後觀賞到他的神乎奇技：把食品準繩地拋上七樓，然後人家又用紙包着錢，擲回叔叔，這樣就成了我在走廊上最愛看的一幕。不過走廊的盡頭是公用廁所和浴室。它就是我最不喜愛的地方。洗澡的時候，我們兩姊妹都是戰戰兢兢的，一起拿着臉盤和毛巾到浴室去，那裏沒有浴簾也沒有熱水供應。每天洗澡時，都怕有人從外面走進來，或有人探頭來窺視。男浴室在女浴室的背面，我們洗澡的時候都聽見陌生男人在高聲交談，我倆都不敢作聲，生怕驚動誰人，惹來危險。

談到危險，我還怕我家的自來貓會從二樓的走廊邊掉下去。因為牠在白天最愛跳上走廊邊曬太陽和打盹，也愛看樓下人車的活動。我最高興的是，無論白天牠去哪裏玩樂，晚上總是懂得回家，因為媽媽每星期也會煎一大鍋九棍魚作貓糧，那種魚味，我現在回想也覺納悶，但小貓吃了二十年，還是百吃不厭。

我童年的伙伴就是貓咪和住在七層大廈的玩伴。父母總是忙於上班，為生計而奔波。以我母親為例，她剛來港時，就是在地盤幹粗活，開泥漿，搬沙石，但因為人工高，而且每天出糧，足以幫補生計，於是咬着牙關，每天步行一小時上班去。我長大後才察覺，自己堅強的個性，大概是受母親的影響。父親呢，因為在內地讀過書，所以在《華僑日報》當一個小記者，收入非常微薄，不足以負擔一家六口的開支。父親在我腦海中的片段不多，因為他要輪班工作，白天大部分時間都是在家中休息，晚上便上班去。也因為我在他五十歲的時候才出生，所以我沒有太多與父親相處的深刻片段，除了他偶然會帶我去看港產電影，例如《最佳拍檔》、《橫財三千萬》，然後去茶餐廳吃西多士和喝奶茶。聖誕節的時候會在茶餐廳吃聖誕大餐，獲取每年相同的聖誕塑膠玩具，但對我來說，已是最無價的玩具和寶貴的回憶。

父親只有一個嗜好，就是買六合彩，我還記得有一次他中了三獎，獲得一萬元，那一次，他帶我去領取獎金，他囑咐我在投注站外乖乖地等待，出來的時候，他喜滋滋地又小心翼翼地把獎金收好。那一次，在我記憶中，除了哥哥和姐姐的婚禮，是他笑得最幸福的一次。遺憾的是我看不見他在我婚禮上或大學畢業典禮上的笑容，因為他在我考畢會考後就因病離世了。父親個性沉默寡言，從來不會對我訂下甚麼學業目標或要求，但我卻是十分用功，特別是英文科，我記得小三的英文老師每天都要我們回家查字典，我總是把整篇課文寫上中文解釋，然後在課堂上聽着老師的朗讀，就用中文字把英文字註音，因為我在大坑東的小學讀書，同學都是來自同一階層，家裏都沒有餘錢栽培子女，大家課餘都不用上補習班，更沒有興趣班。大概我資質平庸，但願意努力，六年的小學成績都是前六名，父母親也就安心，每天上課後我就回家做功課，完成功課就可以到樓下玩。玩意，我們也從來不愁沒有。

兒時玩伴的兄弟姊妹一大堆，圍在一起就可以玩。第二座旁邊是陸軍球場，我們在枯黃的草地上跑跑跳跳，追追逐逐，也可以上山探險，採摘野果。紅綠燈、兵捉賊、拔河、跳橡筋繩、捉迷藏，由下午玩至黃昏。吃飯的時候，媽媽就從二樓的走廊大叫一聲：「食飯啦！」大家就揮手回家去，「默契」早已建立。說到吃，又有哪個小孩不愛零食？我和玩伴都沒有固定的零用錢，有時有人得了一角幾毛，大家就把錢湊合起來到士多買零食，最愛吃浸在冰塊裏用膠雞蛋殼盛載的大菜糕，一人吃一口，沒有衛生不衛生，分享就是快樂。

童年就在上課和玩樂的日子中流走。後來因為有新建的公屋，我們一家就從大坑東第二座搬到南山邨去，搬屋的時候也沒有僱用甚麼搬屋公司。靠着的是一輛簡陋的手推車，每天晚上，媽媽就和我像螞蟻搬家一樣把家當一點一點的運到新屋去。自此，我們就有了獨立的廚廁，洗澡的時候再也不用提心吊膽了。

南山邨位於舊機場航道，每隔幾分鐘就有飛機飛過，習慣下來，就不覺得是噪音了，它只是生活的一部分。門對門的公屋設計令鄰舍關係十分好，例如要有對流通風的效果，必定要鄰居也敞開門，才能在悶熱的風扇下享有涼風的感覺。所以夏天的時候，沒有甚麼私隱不私隱，家家戶戶幾乎也是開着大門睡覺的。停電的日子，大家就點着洋燭，互相守望。除了這個設計，我覺得公屋最佳的設計就是開在大門上的信箱口。兒時的我很喜歡交筆友（當年非常盛行的Pen Pal），對練習英文來說，非常有幫助。如果大門是打開的話，郵差叔叔每天總是定時把信件拋入鐵閘內，信件隨即四散於地。如果大門是關上的話，他就會把信件從信箱口傳入來，信件應聲落地。這就是我最喜愛看的畫面，特別是聖誕節的時候，信件就最多，那些信件掉在地上的聲音就最清脆悅耳。

公屋沒有管理費，卻有很好的管理。例如每月月頭，就有房屋署的職員到每個樓層收租，他們來的時候，都會喊着：「收租，收租！」然後他們會選在一戶的家中坐下來，同樓的租戶就會進屋交租，職員和居民也會閒話家常，非常融洽。至於清理垃圾的時間是固定的，每天黃昏五時三十分至六時正，就有清潔叔叔推着垃圾車在各樓層收集放在每家鐵閘外的垃圾，垃圾都是放在垃圾桶裏的，沒有垃圾袋盛載。叔叔就熟練地把垃圾倒進垃圾車的大桶內，不消兩分鐘，全層二十多戶的垃圾已經清理完畢。他們來的時候都會大叫「倒垃圾、倒垃圾」，大家就會很緊張的把垃圾桶放出去，如果稍遲一步，垃圾車就會「絕塵而去」。所以有時鄰居見我家的垃圾桶還沒放出來，也會溫馨提示，鄰舍精神非常濃厚，今時今日絕不可比。

如今，我仍然懷念住在公屋和七層大廈的時光，那些無拘無束的日子。我很感激雙親，讓我整個童年至少年，也是在最自由的空氣下成長。他們對我的信任是我認真讀書和努力做人的最大動力。如今，第二座已經拆卸了，但每次重遊舊地，我都會重新得力，因為我從前就由最簡單的日子走過來，哪怕將來遇到甚麼困難，就知道日子總可以捱得過。幸福的信件總有一天會從大門的信箱中投進來，靜靜等待那一種清脆的信件聲吧！

亞叔的等待

關嘉利

亞叔。我不知道他的名字，大家都如此喚他，於是我也一直如此喚他。

認識亞叔是偶然的事情。一次，母親買菜回來，像是發現了新大陸一樣，興奮地告訴我説：「我發現了一間影印舖，一個鄉里帶我去的，她説那兒便宜，老闆好人。」

母親的興奮，不是沒有道理的。那時候才來香港不久，很多東西都要複印。吃過口音的虧，被騙過錢，後來總得先問過價錢。「多少錢一張？」「一蚊一張。」樓下文具店的老闆認真地數着，説：「二十三張，二十三蚊。」情歸情，數歸數。數紙的嗖嗖聲，變成硬幣的哐哐聲，刻劃着商家與顧客的分別與界線。他不訛詐，已是最大的商業道德。這也無可厚非，只是不太習慣罷了。過往十多年農村過於講究人情的經驗倒是刻意張揚。這不可逾越的商業界線，經不起比較。我小心翼翼防備着，怕自己與人熟了，會有超過界限的期待與渴求。我也不能反駁，只好把錢掏出來，完成一筆交易。

有新選擇倒是好事。我打算隨母親去看一看。母親領着我，越過大街麥當勞的後門——那是我從未涉足的街道——街道並不窄，單行線，只是道路兩側停泊着許多私家車和的士，道路便窄了起來。堵車是常有的事情。人們在此起彼伏躁動不安的響咹聲中間穿梭。過了馬路，母親走向一條黑壓壓的小巷。我遲疑着，那是單幢式大廈的樓下那極小型商場的入口。只有前面兩三家還在經營，裏面黑壓壓的，越往裏走，越寂靜，像是荒廢的隧道，陰深極了。別家外面還有個招牌掛着，這兒連個名兒也沒有，哪像甚麼影印店。

「亞叔，五張單面。」媽媽説道。我才知道坐在門口旁邊的亞叔就是這店舖的主人。他看上去像是五十多歲的樣子，臉上少不了一道道的皺紋，不過歸功於膚色黝黑，皺紋顯得不那麼明顯，便少了老人身上常帶着的滄桑感，倒給人一種硬朗的感覺。他翹着雙腿，坐在一張高腳椅子上，倒不像是等待客人，卻是一副與自己無關的模樣，在這黑隧道裏面，盯着盡頭的光明處，不知道在看甚麼。不過，他幹活起來比看起來要利索多了，兩三下將複印的東西放在影印機上，緩緩合上蓋子，按幾下，五張紙就出來了。

「一蚊。」他話一點兒也不多。

母親掏出硬幣。亞叔示意放在影印機上就可以，然後又坐回去。

五張才一塊呀。我訝異着，與之前的經驗截然相反，心裏有許多疑問但也沒問，就這樣看着他。他沒注意到。他太安靜，也不找東西聊，與外界不一樣。外面人來人往，車來車往，大家聚聚散散，吵吵鬧鬧，似乎都與他無關，進了這兒，異常安靜而詭異。他就像融入了牆一樣，誰也不知道甚或也不在乎這兒有這樣一位大叔的存在。只剩下影印機響亮而有節奏的嗖嗖、咔咔、嗤嗤聲迴蕩。

「亞叔，六張單面，謝謝！」之後要影印，我都跑去亞叔那裏。「個二。」他沒有介意我的口音，也不怎麼抬頭看我。誰來也一樣，他也是一就是一，二就是二。可是，這樣的分明讓人心裏踏實多了。亞叔有時候不會數客人放下的錢。放下錢的，作離開樣，就擱在那兒，不看，也不數，也不扔到箱子裏。給了錢，客人站着不走，他便會找錢——「找多少？」他反問着。「五毫子。」他從散放着的硬幣堆裏找出一個五毫的，遞過去。這兒沒有硬幣的哐哐聲，一來一往安靜得讓人心裏舒服。

上了中學後，要複印的筆記多，我是這兒的常客。從亞叔一開始的「要多少張？單面？雙面？」親自替我複印，到後來，一見到我，抬起頭，瞇着眼睛，說：「誒，自己來吧。」

我不會用影印機，支吾着。亞叔招我過去，說：「看，就按這兒，要多少張，就按這裏。雙面單面按這裏。縮印不縮印按這裏。」我認真地看着，還好不難。

亞叔說：「年輕人一學就會了。」

我看着亞叔。他一臉滿不在乎，彷彿一直都是如此操作，沒甚麼值得驚訝的，反倒是我，對這猝不及防的信任感到驚訝與戰戰兢兢。終於完成了，我呼了一口氣，倒是怕給亞叔帶來麻煩。

正打算給亞叔數多少張的時候——我早已習慣這樣的模式。「多少張？」——他事不關己似的反問我。我倒是一臉懵懂，慌張地心算着剛剛複印的張數，忙着回答着：「應該，應該是七張單面，六張雙面。」

「三蚊。」亞叔算得可快了。

「三蚊？是不是算錯了……」

「三蚊就得了。」亞叔又坐回去門前的椅子上。

「不好吧。」我知道，這也不過是賺分毫的功夫，怎可以四捨呢？

亞叔沒理會我，説着：「三蚊。放下就行了。」

我擱下三塊，連忙説着謝謝就走了，回過頭來瞅瞅亞叔，亞叔仍然不動聲色地坐在椅子上，就看着小巷發亮的盡頭，彷彿在等待着甚麼。剩下懷裏的剛印好的紙張，發着熱，暖烘烘的。

自此以後，無論亞叔是忙着還是閒着，他都讓我自個兒來，我做甚麼他也不看不管，印完也不用數，就信我，我擱下多少，那就是多少。我倒是想讓他放心，報個數。坐在椅子上的他也似乎沒在聽。一次我印的東西可多了，就昨天放在亞叔那兒，打算今天去拿。可是我帶的錢不夠，連忙給亞叔道歉，説明兒再來拿，再給錢。亞叔拿過厚厚的一疊筆記放在我手上，説着：「行了行了。遲些來再給吧。」就再也不説話，復歸寧靜。還有一次我大意印錯了，亞叔堅決不計算那些錢，費了不少唇舌來説服我，那是認識亞叔以來，他説最多話的一次。

後來很多文件都是網上的，須打印。亞叔租了後面的店舖，買了好幾部電腦和影印機回來。怎樣用電腦打印，雙面單面，彩色黑白，都是亞叔教我的。來的人漸漸多了，亞叔仍然坐在椅子上，看着外面庸碌的世界，陪伴着嗖嗖、嗤嗤的聲音就晃去了一個下午。後來我也帶着剛上中學的妹妹去那兒複印筆記，說，就是這兒，這兒好。現在想想，認識亞叔是必然的事情，只不過是遲早罷了。

後來，上了大學，在大學裏面影印也便宜，跟亞叔這兒一樣。那時候住在大學裏面的我，就很少特意回去亞叔那兒複印再帶回去學校了。

一次，有一些急用的文件需要複印，我跑去找亞叔。本來就空蕩蕩的地下商場，更空無一人。亞叔的店門緊緊關閉着，我兜了幾個圈，卻找不到亞叔。當時旁邊賣衣服的阿姨說，亞叔被警察抓了，好像是對面舉報。聽說是印書鬧的禍，亞叔哪裏印甚麼書，幾頁幾頁，也不至於抓人嘛，是那些孩子自己印的……也不是第一次了。所有電腦呀、影印機呀都收走了。

我心裏堵着，卻不知道該說些甚麼。還可以說甚麼呢！除了無意義的頓足徘徊之外。已經不是第一次了呀，我竟不知道這樣的事情。

五天過後，亞叔終於回來了。我過去的時候，一切貌似恢復正常了。只不過所有的東西都更換了——新的電腦、新的影印機。只有亞叔還是像從前一樣，仍然很安靜，不說話，對於之前的那些事情隻字不提，也不解釋為何設備都換新的。亞叔看起來像是老了憔悴了不少，那黝黑的皮膚也蓋不住越陷越深的皺紋了。經過幾回的折騰，也是自然不過的事情。

「亞叔。」

「喔。」他湊近，眼睛瞇成一條線看我，「你好久沒來了哦，你妹妹上次來過。」

他竟惦記着我。

我也記得他。我記得他是應該的，他如此待人，對人沒有戒心，也讓初來的我對這個城市少了一點兒戒心。可是，我又為他做過甚麼呢？我心裏慌亂，盛載不了這突如其來的拷問。多久沒來，像是辜負了亞叔的等待。

「亞叔，我上大學了。」

「上大學了？」他耳朵也不像從前那麼靈敏了。

「嗯，上大學了，中文大學。」我不知道為甚麼自己要說這些，好像非說不可吧，「大學忙，忙着社團的事情，就少了時間……」我的解釋像是多餘的。反倒是上了中學的妹妹，去得頻繁，這倒像是一種更迭交替。一個來，一個走，新的來，舊的走。可是，誰回頭看過這位老人呢……

「嗯。」亞叔自個兒提着椅子坐在門前。

我看着他，他看着那小巷亮着的盡頭。以前我一直不明白他在執着甚麼，堅持着甚麼，等待着甚麼。現在像是明白了一些。

後來妹妹大學畢業了，我們也搬家了，離亞叔的影印店更遠了，便幾乎不怎麼去那裏了。只是出來工作後，遇到人與人之間的事情多了，也更複雜了，總教我想起那處的簡單與安寧，想起在某個寒冬的下午，人們來來回回，抱着一懷溫暖離開，而亞叔仍然坐着高腳椅子上，在等待着甚麼……

編後記：是哪種玩法？

殷培基

大致上，一般中文老師的日程可以這樣：

07:30，樓層當值；08:00-08:15，早會；08:15-08:30，4B班主任課；08:30-09:50，2D中文；09:50-10:05，小息；10:05-11:20，空堂；11:20-11:35，小息；11:35-12:55，4B中文；12:55-14:00，午膳；14:00-16:00，6A中文；16:00-18:00，朗誦學會訓練；18:00……改功課／備課／擬卷／輔導學生／聯絡家長……回家後再工作……

《情味．香港》由三十位中文老師排除工作上的萬難，擠進時間和空間的縫隙，榨取僅餘的精神和力氣，點點滴滴，執筆，書寫一個夢想。說是「夢想」，絕對正確，因這是很多中文老師的夢——寫作夢。我深信，大部分喜歡中文、修讀中文和中國文學、研究中文的老師，年青的時候對寫作總有憧憬，熱衷於追逐寫作出版的夢。如今，結集同道，同心聚義，揭起筆桿，出版一本關於香港情的散文作品，絕對是本地學界的一大壯舉，是從未有過的集體夢想實踐。

記得當初我、欣妮和志堅聊起匯智出版的種種，欣妮提及羅先生的出版工作，志堅熱心地發起出版散文結集的主意，後來還主動拉攏、洽談，然後我們三人各自發功，向認識的志同道合發散消息，盼望熱愛寫作的中文人能夠團結一起，為學界、為學生、為本土文學發展做點事。當時我在想，三十位來自不同區分、不同級別學校、不同校情、不同工作量的同工，能有同一心志，以同一主題出版個人作品，好玩啊！首先，每位老師都要有無畏作品高與低的胸襟，至少小弟的作品已難登大雅，幸有一張厚臉皮；其次老師們要在百忙之中找個能寫作的餘暇，放下工作，放開懷抱地投入文字世界，寫罷，不滿意，再寫，又寫。或許久未執筆創作，要重燃那種下筆有神的狀態，非朝夕可成。但不要緊，只要有心，相信自己，也相信一班同道，一起完成一件事，多麼動人，多麼有火！

到底是哪種玩法？一人寫一篇，三千字作上限，三個月左右的稿期，然後回首一望，桌上數疊未批的作文功課、未改的作業、未寫的會議紀錄，鋪天蓋地萬馬千軍。「玩寫作？看看你的上課時間表，審視你的教擔，玩得起嗎？」帶頭的第一疊默書簿帶挑戰的口吻跟你說。

我不知道在我們三十人當中，有多少人曾被如此挑戰，有多少次被挑戰成功，又有多少人欄杆拍遍，索性撥開要改的功課，然後高馳不顧，打開電腦Word檔，由第一個字到第一句，寫呀寫……

堅持，就是這遊戲的玩法。是一種對寫作的態度。

很希望學生會喜歡閱讀老師的作品，感受老師對寫作的熱忱，也讓老師們以傳承的姿態，用最親切最直接的方式教導同學真正的中文和文學，非關DSE，非關考試取分技巧。純粹，中文人，用最愛的語言，給最愛的學生留言。

遊走在上課時間表裏，左閃右避，翻起寫作的土壤，挖掘可以寫作的時空，即使避無可避，便硬着頭皮，寫點子，留後着。總之，為了成就一件學界大事，義無反顧！

順提，今天第五堂，我，正在寫作！

編後記：海蝕與沙網

陳志堅

岸上華燈亮起，漁歌晚唱，經過整天勞碌，人們在家或逗樂子孫，或享受青春，各自分享或多或少的仲夏初夜。然而漁夫見天色已晚，一如往常把船開往水深之處，下網。本以為漁夫把握午後黃昏時分撈魚，豈料他原來老早在一大清早捕魚至晚上，直到凌晨時分，才真箇將息。

我們到底是自由地泗泳在海裏，還是糾纏在天色向晚的孤獨之中？

海潮拍打礁石，礁石成了不規則的形態，大大小小的磨蝕與凹陷造成不同的洞穴，許多年來人們都愛看潮，亦愛看礁石在侵蝕後到底形成怎樣的變化與紋理。

那天晚上，漁夫坐在漁船上，一邊在結網，一邊在哼歌，卻忘了聽那海潮蝕岸的迴聲，而更受遺忘的是，漁夫竟不曉得，原來自己日積月累的光景就如礁石，每天不知不覺的變態竟成了常態，久而久之的變化最終讓漁夫忘記了打魚的意義與收穫的樂趣。

老師，日子就這樣在浪潮中經歷了不知多少風雨飄搖。

那天，一所花店外的風吹得好急，吹落一地樹葉，路上揚起灰塵，滾滾而來，空氣中夾着泥沙直撲。店主隨即架起沙網，沙網透風，陣陣吹來仍覺沁人，只是，泥沙已沒有早前的猛烈來襲，都阻隔在沙網之外。然後，回首一瞥，花店內的花正開得璀璨，花蕊小巧，葉面有水珠凝着，映入的陽光與室溫正好配合。如果可以，我們要為老師架起沙網，阻擋所有沙石撲來，讓老師在安舒的花店內，迎來滿室春園花開。

教學與寫作，從來都是相輔，在時間的捕網下，我們就此提筆，重燃中學老師圍爐寫作的風尚，不被海蝕，迎來花開。

作者簡介

方麗霞，迦密愛禮信中學中文科副科主任，任教中國語文科及中國文學科。畢業於香港中文大學中國語言及文學系，於同系取得碩士學位。

王文翔，矢志從事教育，期望用生命影響生命，堅信教養孩童就是使他走當行的道，擁抱文字的魔力，深盼可以讓每個孩子都愛上中文，希冀可以與更多同路人一同承先啟後、繼往開來，造福莘莘學子！

呂永佳，香港浸會大學中文系哲學博士。著有詩集《無風帶》、《而我們行走》、《我是象你是鯨魚》；散文集《午後公園》、《天橋上看風景》。曾獲中文文學雙年獎、中文文學創作獎、大學文學獎、青年文學獎、城市文學創作獎、李聖華詩獎等。

余國康，「香港仔」。香港中文大學中文系畢業，時值香港主權移交。其後同校研究院文學碩士畢業，證書上「校監」一欄正好換了名字。好讀書，不求甚解。好教學，不求業績。好跑步，不求速度。

吳偉強，廣東中山人，現職中學中文科科主任。早年曾獲第十八屆及第十九屆青年文學獎冠軍、市政局中文文學獎。近年參與香港童軍總會義務工作，擔任《香港童軍》月刊總編輯。

吳暘，香港出生、長大，畢業於香港中文大學中文系，現職中學教師。筆名揚日，業餘報刊教育版專欄作家，專欄計有「思考有方」、「活學語文」及「卷二練筆」，作品見於《明報．語文同樂》。

李家儀，香港土生土長，香港浸會大學學士、香港中文大學碩士畢業。一個走在街上極普通的名字，每天一早天未光就上班，然後待太陽落山才下班的典型中學教師，安份地守在香港這城市裏默默生存。好想享受陽光，可惜陽光熹微的日子裏，多半都只能窩在一個擠滿人群的四方格裏重複又重複。有好多事想做，但都在空想，一事無成。

李紹基，畢業於香港中文大學中國語言及文學系，屯門人，利物浦球迷，前吐露詩社社員，現為文學科老師，曾編寫新高中中國語文科教科書，已出版著作有《惡童處》。曾獲香港中文文學創作獎（二〇一六）、第三十二及三十三屆香港青年文學獎（二〇〇五、二〇〇六）、第二屆大學文學獎（二〇〇三）。

李嘉敏，平凡人，喜歡文字，熱愛閱讀，酷愛旅遊，最愛母親。常帶着體內的兩個小孩、一個婆婆、一頭怪獸、一隻小貓，周遊列國，擁抱世界。兒時夢想，入讀中文系，當中文老師，僥倖達成。感恩！相信文字有情，相信愛是最大力量，盼望以文字記錄人生。

李鏡品，香港中文大學中國語言及文學系學士、碩士；香港中文大學全日制學位教師教育文憑（教學實習優異）。獲選教聯會優秀教師共六個獎項；二〇一五年獲行政長官卓越教學獎嘉許狀（中國語文教育學習領域）。現職中學助理校長、中文科科主任，同時擔任課程發展委員會成員，致力提升學生學習風氣，推動學校建立尚學社群。

唐志偉，由官校學生轉換身分至官校教師。於鄉村學校倘佯好山好水好風景一段日子後，現職於靈糧堂劉梅軒中學。育有一子，正努力學習做個好爸爸。自小愛好文、史、哲，尤其是戰爭史，愛藉歷史進程分析世情形勢，近年更愛兵棋推演；也愛閱讀不同類型書籍，寄望於閱讀的樂趣中多明瞭他人的立場、觀點。

殷培基，畢業於香港浸會大學中國語言文學系。喜歡八十和九十年代，喜歡荒誕幽默，一直用文字呈現幻想。著有小說：《爆籃》系列、《武神少年》系列、《怪病》、《我要打NBA》、《闇遊記》；另作《摘星老師的範文18篇》。其他文字亂寫於《明報．語文同樂》、《中學生文藝月刊》、《教師起動文藝雙月刊》。近年任青年文學獎小小說公開組評審、全港學界微型小說創作比賽策劃人。

梁璇筠，作家、詩人、中學教師。香港中文大學語文教育系學士，香港中文大學文化研究碩士。曾獲「青年文學獎」、「大學文學獎」。作品散見《明報》、《字花》、《大頭菜》等，著有詩集《水中木馬》、《自由之夏》。

莊俊輝，酷愛淡泊，不甘平淡。筆名：浩揚，任教於基督教香港信義會信義中學，任中文科科主任，曾就讀於香港不同專上學院——香港教育學院、香港中文大學、香港大學、香港公開大學。

陳志堅，畢業於香港中文大學中國語言及文學系，後於中大獲教育文憑、文學碩士、教育碩士。現職中學副校長、中國語文科主任、中國文學科主任、教育局課程發展委員會中國語文教育委員會委員、香港區PISA諮詢委員會委員，曾任香港大學教育學院兼任講師、文學比賽評審、校際朗誦節評審等。寫小說、散文、新詩，著有小説集《紅豆糕的歲月》，作品散見於《大頭菜》、《明報．語文同樂》、《中學生文藝月刊》、《教師起動文藝雙月刊》等。

陳思論，筆名幾季。畢業於香港浸會大學中國語言文學系，現修讀香港大學教育系中文教育學位教師文憑。中學中文科教師，現職於馬錦明慈善基金馬陳端喜紀念中學。喜歡和學生一同品味文學的時光，尤愛文學、中國書法、攝影、運動、田園、台北的咖啡館。

陳得南，現為沙田培英中學副校長及中文科科主任，畢業於香港中文大學中國語言及文學系。陳亦擔任課程發展議會中國語文教育委員會委員、課程發展議會香港考試及評核局中國語文教育委員會委員。早年曾任城市大學中文系兼任二級導師及公開大學人文社會科學院兼任導師，近於《明報．教得樂》發表多篇有關語文教學的文章。

陳穎怡，畢業於香港中文大學中國語言文學系，後於香港科技大學取得人文學科文學碩士，現職中學教師，創作以新詩為主，曾出版個人詩集《死者，與她的島》。

曾筍湲，生於香港，畢業於香港大學，主修中文教育，副修中國歷史。沙田人，中學中文科教師。文章見於《中學生文藝月刊》。喜愛熱鬧，尤其珍惜與人相處的時光。

游欣妮，喜歡寫作、手作、閱讀等。畢業於香港浸會大學中國語言文學系，現職中學教師兼圖書館主任。著有《我搣時很煩》、《我搣時心太軟》、《搣時前傳——游樂園》、《我最「搣時」的故事》、《搣時的餐桌》、《一頁人生》及詩集《紅豆湯圓》。

温結冰，香港中文大學畢業，主修中國語言及文學，現職於基督教宣道會宣基中學，酷愛閱讀，熱愛中文，醉心教育。關於寫作，深信文字的魅力，讓人感悟內在生命的情愫，探索心靈世界的向度。

劉斌盛，中學老師。名不副實，「文武」皆不「盛」，有辱家聲。Edward，普通不過的英文名字，卻很喜愛，因為友人為此譯作「愛活」，既解作「熱愛生活」，亦可解作「愛與生活」，勉強名副其實。因為很多無聊興趣，燒錢、花時而沒意義，一直堅持生活就是應該感性。

劉順敏，畢業於香港大學，現職中文教師。喜歡閱讀城市，體會人情，相信文學與歷史能帶領學生追本溯源，了解社會，認識自己，走向真善美。

鄧淑儀，畢業於香港中文大學中國語言及文學系，現為東華三院黃笏南中學中文科科主任，閒時喜歡閱讀、看電影、看舞台劇。

鄭麗琳，畢業於香港中文大學，主修中國語言及文學，副修新聞及傳播學。喜愛書寫文字，文字讓她更細膩地品味看似乏善可陳的生活，助她內省深思，使她能與人分享微不足道的看法。感謝文字，兒時從諸作家的筆觸中，她感受到作家悲天憫人的心，從此確認「情」是人生之本。在文字快速消逝的年代，願執筆為文，記錄更多不平凡的人與事。

黎曜銘，畢業於香港浸會大學中國語言及文學系，現為中學中國語文科教師。作品散見於《明報》、《字花》、《聲韻詩刊》等刊物，曾獲第十屆香港文學節徵文比賽冠軍、二〇一六年全球華文散文徵文獎優異獎，以及第八屆工人文學獎詩歌組推薦獎。

盧冠忠，香港中文大學哲學碩士，主修訓詁學，現為拔萃女書院中文科教師。學術研究窮理，文學寫作言情，兩者都足以令人着迷得廢寢忘食。在大眾都在追求聲色刺激的年代當中，仍然相信文字可傳之久遠，感動人心。

簡莉華，畢業於香港大學中國語言文學系，並於香港中文大學取得中國語文教育文學碩士學位。中學課程發展主任及中國語文科副科主任。曾在教育局語文教學支援組擔任借調教師一職。教學多年，熱誠不減，動力來自學生的進步和笑臉。喜愛音樂、閱讀、電影及運動。

羅美卿，資深中學教師，土生土長香港人。畢業於香港大學文學院。及後於香港大學、香港中文大學及香港城市大學分別取得碩士學位。從事教育工作多年，喜歡透過故事分享，啟發學生思考，尋找人生的意義和方向，相信每個人都有能力活得更好及更精彩。信念是：「忘記背後，努力面前的，向着標竿直跑。」（腓立比書三章13-14節）

關嘉利，曾獲香港青年文學獎小小說公開組冠軍，為第五屆「年輕作家創作比賽」優勝者，並曾出版《七年》一書。喜歡發呆、作夢與寫作，相信所有的一切是當下最好的安排。